荒野にふたば町を建てる

安積原野と谷中村の川

一色悦子

随想舎

荒野にふたば町を建てる

安積原野と谷中村の川

目次

荒野にふたば町を建てる

教室のすぐ隣にある戦争

カバー絵・イラスト・装丁　金田卓也

荒野にふたば町を建てる

どこにいてもふたば町民

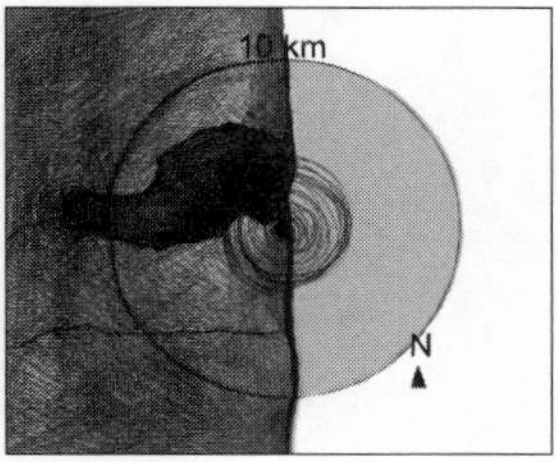

私は、桜の古木がぐるりと池を取り囲んでいる、こおりやま市開成山公園の周りを歩いている。中学校が終わるとたいていはひとりでこの池にやって来る。

九月の陽ざしがやわらかくなった。風が桜の葉をたたいて、緑一色だった桜の葉の中にあざやかな赤が混じっているのが見える。今年はばたっと夏が終わり、秋の訪れが近いのかもしれない。

まもなく、福島県の浜通りに起きた二〇一一年三月一一日の原発の事故から二年半になる。

私は事故直後から、あちこち、ちゃんとかぞえれば五回ほど住むところを変えていた。この街に来て一年になる。

現在、二〇一三年九月の時点で、私の故郷ふたば町は、ばらばらになった七〇〇〇人の町民がいっしょに住む町を新しく造れないかと、大きな企画に向かって動きだそうとしている。私は今、このあまりにも大それた計画を目の当たりに見ている。

この開成山あたりは、原発事故があったところからおよそ四〇キロの地点になる。それほど離れていないのだけど、すでにほとんど日常の暮らしが戻ってきている。けれども当時は、この街も屋内退避という期間があって、子どもたちは一歩も外に出ることはできずに家の中で暮らしていたそうだ。

今はだれもあの数か月に触れたがらない。だから、私はあの時原発のすぐ近く一〇キロの半円の中に住んでいて、もう二度と家に帰ることができないことは話さない。言わなくても黙っていても知っているのだろう。避けているのは相手ではなくて私のほうなのだ。

クラスにも一時期、街を離れて転校していた人や、じっと動かずに留まっていた人や、それぞれだったから、踏み込まないのがルールになっているのかもしれない。

県外の町の教室では、私を見ながら目配せされたけど、県内のここではだれもそんな子どもっぽいことはしない。

風に誘われて、道を横切って木陰に入り込む。

いつもは下を向いて歩いているのだけど、今日は大きく顔を上げてみる。

えっ、なに、大きい。

目の前に巨大な碑がある。七メートルぐらいかな。横幅も三メートルぐらいあるかな。これまで気が付かなかった。たとえ目に入っていても関心がなかっただけかもしれない。

近づいて見上げる。レリーフがあって、中條政恒と読める。隣に説明板がある。この開成山あたりの安積開墾を指導した明治時代の人の頌徳碑らしい。

私は安積開墾のことは知っている。荒れ地だった土地を開墾し田畑、家、村を作り出し、全国各地から多くの人が移住した明治時代の壮大な事業だ。

ふたば町の役場に勤める父たちがまさに今、この安積開墾に注目して、帰れないふるさとふたば町を、おなじように荒れ地を開墾して新しく造り出そうと動きだしているからだ。

安積は、あずみではなくあさかと呼ぶ。

ああこれが、会議でたびたび出てくる名前の人の碑だったのか。

私はこれまでなんどかここを通りながら一度も読んだことがなかった文を読んでみる。こんなふうに理解できた。

「明治五年（一八七二年）、中條政恒は福島の役人になると、こおりやまの豪商二五人で作った開成社の人びとといっしょに、開成山の開拓をすすめました。その後失業した武士をすくうため、国の力で安積全般の開拓がすすめられると、猪苗代の水を利用することを考え、大久保利通にその実現をすすめ、安積疎水の通水に成功しました」

荒れ野を開墾して多くの人の移住をすすめただけではなく、田畑になにより必要な水の手配もしたのだ。

私は時々手紙を出しに行く開成山郵便局の裏手に、中條の屋敷跡があったようだと思い出して、そこまで歩いてみる。

住宅地の中にここにも大きな石の碑があった。横幅は二・五メートルもある。

「安積開拓の父、中條政恒は晩年この地に終えた。政恒の孫、宮本百合子は作品『貧しき人々の群』『播州平野』をこの地に採った」

宮本百合子の名前は知っている。よく行く市の図書館にこの作家のコーナーがある。そうか、この作家は安積開拓の中條政恒の孫だったんだ。

私とおなじ若い日に、こおりやまの祖母の家に滞在して、安積開拓を間近で見て、なんと中條百合子は一七歳で小説を書いたのだ。

池のほとりに、百合子の文学碑があることは知っていた。それは、もっと大きい。三段の石段を上って、芝生に根を張るような碑にたどり着く。

どうしてこのあたりには昔を知らせる碑がいくつもあるのだろう。なんか開成山って、歴史を大事にする意気込みがすごい。

百合子はこんな大仕事をした祖父を持って何を感じていたのだろうか。私の名前もユリだ。安積開拓はうまくいったのだろうか。

私がなぜうつむいていつもひとりで歩いているのかは、父たちが計画しているこの全町民が移り住む一大プロジェクトにある。そんなとてつもないことができるのか、怖くてたまらないのだ。

いつふたば町のふるさとに帰ることができるのか。少し待てば帰れるだろうと、七〇〇〇人の町民はばらばらに避難して家に帰る日を待った。けれどもここにきてもその見通しは全くたたない。町に降り積もった放射線の影響が残り、戻ることはできないというのだ。

なんという見通しだ。もう、これ以上、ふるさとなしで離れ離れには暮らしたくない。町民はみんな、そう思ったのだ。

二年半前に起きた福島原発のことは福島以外の町では、もうとうの昔のことだろうか。

私の町は爆発を起こした原発からほとんどが半径一〇キロのところにあって、翌日の三月一二日午前五時四四分に、突然避難指示を受けた。そして、七時半には全町避難になった。すぐに戻れるものと思いとりあえず何も持たずに避難したのだ。

このぐらい離れていればいいだろうと、バスや自家用車で山側の川俣町に向かったが、知らされていなかっただけで、そこも全く危険だった。

バスを連ねて、遠く埼玉県のスーパーアリーナに移り、やがて空き校舎になっていた旧騎西高校に移った。

それは町役場が考えた移動先で、多くの町民はそこにまとまることを希望したが、町民全員がおなじ行動をとったわけではない。子どもの家に向かったり友人知人を頼ったりして、全国各地に散らばった。

現在ふたば町民は県内三八九一人、県外二九九二人と分散して住んでいる。

県内はふたば町に近いいわき市が一番多く、次はこおりやま市だ。県外は、隣県の茨城に次いで東京が多く、全国各地に逃れ、遠く鹿児島にも避難している。

福島県以外の自治体も、空いているアパートや市営住宅を用意してくれたのだ。それらは逐次町民に知らされた。まとまって旧騎西高校にいる人には張り紙などでひんぱんに連絡できたが、そこにいない町民にはなかなか届かなかった。

「どこにいてもふたば町民」の合いことばで、町民としてつながっていたかったのに、だんだんに気持ちも離れていった。

私の父は埼玉には行かずに、少しでもおなじ福島県にいたいという人々の連絡役として、このこおりやま市にできたふたば町支所に残っていた。

私と母は放射線を避けて、福島県にはとどまらなかった。町役場の家族が逃げたというわさが追いかけてきたが、母はだれも守ってはくれない、子どもを守るのは母親だと言っていた。

ばらばらになっておなじふるさとの人との交流がない孤独感は、たくさんの人から寄せられた。さまざまなひとりひとりの切実な訴えがあった。

一番大きいのはおなじ言葉でおなじ町のことを話したいという願いだった。それは私も実感していることだった。私と母は、去年、中一の二学期に、父の住むこおりやま市の官舎に移って来た。

そして、この九月、ふたば町全町移転の計画が持ち上がった。

全町一斉移住

このような全町移住の計画が持ち上がったきっかけはある。

あの日から二年半になるこの九月、町はまとまって住む埼玉県の旧騎西高校の避難所を引き払うことにした。そして、町役場をおなじ福島県のいわき市に移すことになった。親戚や仕事場の関係で、いわき市に住んでいる人は多い。そして二番目に多くの人が避難しているのは、この開成山のあるこおりやま市だ。

そしてこの少し前、二〇一三年六月のことだ。ふたば町は、これまでの全域警戒区域から線引きされて、一部は指示解除準備区域になったが、ほとんどは、帰還困難区域となった。

町はこの時点で、今なお消えることのない放射性物質の中にうずもれていくことに

なったのだ。ふるさとへの帰還の道は断たれた。

私は、原発事故から半年後のことをはっきり目に浮かべることができる。頭から足首まで防護服に身をかためて初めて一時帰宅をした。家の中はめちゃめちゃだった。ガラスが割れ、居間や台所に、ネズミやいのししや置いてきぼりにされた家畜たちが入り込んでいた。私たちは何にも触ることは許されなかった。

「水たまりにさわるな、ぬいぐるみをだくな。仏壇に手を触れるな」

私は水にさわる気なんかないのにと、うろうろ立ちすくみ、しゃがみこむ祖母までが父から叱責された。

あれからまた二年の時間がたったから、もうあの家に住めるとはとうてい思えない。旧騎西高校を引き払うことになった時点で、町民は、これからどこに住むか決めなければならない。

どこに住むかは大きな問題で、家というものは生きるための大事なよりどころだった。

私たちはふるさとで、たいていが持ち家に住んでいた。野菜を作り米を育てる農家が多かった。つぎに漁業、牛を飼っている者もあった。

木々に囲まれ花を育てていた生活をしていたのに、親戚の家にやっかいになる間借り、隣の声が聞こえる狭い仮設住宅、広い体育館での生活、教室暮らし、それはなかなか慣れることができない長い日常だった。これまで暮らしてきたふるさとという基盤を失い、未来への希望をつかめないままに暮らした二年半は長かった。

ひとりで考える場所も静かな時間もなかった。家は自分を頑丈にやさしく包みこむ。自分が自分で生きるための環境を持ちたい。流されずに立ち止まって自分の時間を捕まえたい。

それは屋根さえあればとかぜいたくと言われようとも、譲りたくなかった。人の住居とくらべているのではない。がまんは十分にした。

これからどこに居場所を定めるか。土地を買いいわき市に家を建てる。これまで暮らしていたさいたま市に借家を見つける。家族それぞれの意見があり、だれもが簡単には決められなかった。

自分の判断を悔やみ、隣の選択をうらやみ、心の迷いはだんだんに、町民どうしの分断さえ招きかねなかった。

そう、この時をとらえて、父たちは驚くべき提案をしたのだ。ばらばらでなく、なんと町の全町民が住む町を作り出そうと。

どうせ新しく住む家を探すのなら、いっそ、いっしょに建てよう。

けれどもどこに。全町民七〇〇〇人の住む町はあるのか。

土地はあるだろう。しかし、まとまって造成された土地はないかもしれない。だけど、あきらめることはない、ひとりひとりが一戸建てを作る手間をまとめていけばいい。手立てはある。

これまでも災害が起きた時、国は復興予算として造成にかかる三分の二を負担している。東北の海岸線の町では長い高い防波堤を作り、かさ上げして町を移転させている。各地で大きなプロジェクトがすでに進められている。

この福島でも造成にかけるハードの面で、復興金を使用できないだろうか。

私は、はじめに父たち町役場の職員三人、議員二人、町内会長の六人ではじまった計画が、だんだんと多くの賛同者を得て動きだしていくのを感じている。

父は中心になって考えることが多すぎた。眠る間も惜しんで没頭している。長い道のりだ。まず、町民の気持ちの集約。候補地の現地調査、町の青写真、許可願い、それからいよいよ造成。

私はひとつひとつ、そんなことがやれるのだろうかと心配でたまらない。

明日にもできるのならそれはうれしいけど、いったいこの計画は何年かかるの。私は今、中学二年生だ。すぐにあの時の友だちに会えるのならすてき過ぎるけど。

忘れられない大地震の日、小学校卒業式の予行練習の午後、体育館に座って家族の迎えを待っていた。三月だというのに雪がちらついて、私たちはこれまで体験したことのない地震の恐怖と寒さで震えていた。私の隣で、しゃべらずにずうっと下を向いていた友だち。今どこに住んでいるんだろう。

だけど高校生になってまた会えるとしたら。それぐらいなら待てる。希望があるなら待てる。私はふるさとの高校に行って友だちと失った時間を取り戻したい。

七〇〇〇人の町民のための住宅。もしかしてもうすでに避難地に生活の基盤ができてしまって、一〇〇〇人は参加しないかもしれない。

六〇〇〇人の町造り。大家族も多かったから、ざっと見て五〇〇〇戸の一軒家、集合住宅のほうがいいという人もいるだろう。

町にあった建物。どの町にもある暮らしに欠かせない施設。商店。郵便局。福祉施設。病院、小学校、中学校、高校、都市銀行の支店、地方銀行。

町並みがうかんでくる。

何もない土地を探して新しく町を造る。槌音を立てて、私たちのふるさとが出現する。

だけど、そんなこと、実現できるのだろうか。

「ユリさん、ユリさんでしょ」

だれかが声をかける。きれいな言葉だ。このあたりの人ではない。

強い意志の光をたたえた目がじっと私を見つめている。

「あなたもユリというんでしょう。わたしは中條百合子。ふふっ、本名はユリ、あなたとおなじカタカナです」

百合子は、ほっそりしたやさしい顔を私に向けたまま座った。あらら、洋服じゃない。着物だ。ふとい格子縞模様。

「知っています。本が好きだから、図書館で名前だけというか」

中條政恒という人の碑と屋敷跡を見たばかりだからか、なぜか違和感がない。

だけど私は背が高いほうで、隣に座ると、百合子を見下ろすかんじになるのがおそれおおい。

「なにもやらないでやる前から諦めることはないのよ。必要なのは先への明かりです。理想を持つことよ」

理想だって。これまでの二年半の間の私の中にはなかった言葉だ。希望に近いかもしれないけど、いきなり、理想って。

けれども説得する響きがあった。

ぱっといっきに広がって来る未来。なによりも私たちに必要な言葉。

「だってねえ、この辺り、それからほら、あなたの住んでいるまっすぐ向こうまで、なんにもない荒野だったのよ。ここに移住するために大ぜいの人がこの地を自分たちで開墾したのよ」

開墾、それは鍬やシャベルで草を刈り、木を切り倒したことなの。開墾と聞いただけで、私はすぐに鍬やシャベルをイメージした。

「そうね、まさにそれです。今の世の中ならパワーショベルカーだのダンプカーだの、クレーン車、ああ、それももう古いイメージかしら。電動ショベルカーもできたし、測量もコンピュータでやるのでしょう。ドローンも役に立つかしら。

だけど昔にちゃんと荒れ野を切り開いて田や畑を作り家を建てたのよ。できると言っているの。新しくまとまって住む家を建てることは昔も今も理想のプロジェクトなのです」

着物すがたの百合子の口からつぎつぎにカタカナ言葉が出てくるのがおかしい。

「ほらこの池の周りを取り巻く桜並木。この桜はその時に植えられた桜なのよ。日本最古のそめいよしのという若木を植樹したの。なんどか枯れて新しい若木が育ってきたのだろうけど、すごい歴史ね。開墾して七〇〇人が全国から移住して、この開成山あたりに桑野村ができたの。そして、そのあと、遠く九州などから五〇〇戸が移住してきてね、そのあとの安積疎水の水路の開通を祈念して、この桜がお祝いに植えられたのだわ。ほらね、あの時代はしっかり、いま座っているこの場所につながっているのよ」

おおっ、五〇〇戸の移住、これから移住する予定のふたば町民が建てる一軒家の数だ。もしかしたら、移住者はだんだんに増えていったから、六〇〇〇人になり、それはこれから移住するふたば町町民の数かもしれない。

「そうね、暗くなってきたから、また明日会いましょう」

私は、うす紫の夕日に向かって消えていく百合子を、ぼおっと目で追いかけていた。

安積原野の開拓

私は放課後、走るようにして、おなじ場所に行った。昨日のことはほんとうにあったことなのだろうか。

私は、優しい顔で待っている百合子の前で、安心してすとんと止まった。

「安積開拓はうまくいったのですか。ぜんぶ聞かせてください」

私はせかして芝生に腰を下ろした。今日も心地よい風が吹いている。

「ええ。移住の計画が立ち上がった明治五年は一八七三年になるから、今から一四〇年ほど前のことになるわね。そんなに古い話ではないのです。

このこおりやま市はまだ小さな村で、田や畑が少しあるだけで一面、荒れ地が広がっていました。そしてね、たびたびの大風雨で凶作に見舞われました。青立ちといって米は立ち枯れて、農民は自分たちが食べる米もなく年貢の免除を願ったりとたいへんな年が続きました」

もともとここ一帯の土地はやせていて、じゃがいも畑が多かった。たばこの桑の葉、にんじん、綿花などにも取り組んだけど、どれも適さなかった。

しかも平坦地があまりなくて山間地に入るにしたがってますます生産高は減っていった。

明治は世の中のしくみが一気に変わっていく時代だった。国を治める側は新しい国づくりに意欲を持ってあたっていたが混乱は続いた。明治四年は廃藩置県となってたくさんの武士たちが仕事を失い食べるものにも困窮した。

庄屋は区長になり農家をとりまく環境も一変した。土地永代売買禁止令が廃止になって、だれもが土地の所有を認められるようになった。

「そのころ、県の役員として祖父中條政恒がこの辺りに赴任しました。

農民の暮らし向きと武士たちの困窮を見て、なんとかしたいと、まだ耕されていない広大な荒れ野に目をつけて、開拓を考えたのです」

すぐに、中條政恒は開墾事業へ世論の高揚をねらって、移住者募集の宣伝文を流した。

「天地の恩は広大無限のもの」からはじまって、次のように続いていく。

「畑を開き桑を養うものは、末永く幸福を受け、富裕の基をひらく。一尺を拓けば一尺の幸せあり、一寸を開墾すれば一寸の幸せあり」

中條は、この文の中で、こおりやまの富裕者に対しては自分たちの富をこれらの善事に力を貸してほしいと、奮起を促した。

なかなかの意気込みの名文で、新しい明治の世の中をどう生きていくかと迷っていた人々の関心を誘った。

自分で耕せば土地を持つことができるかもしれない、ひと鍬ひと鍬耕せば、自分の土地を広げていくことができるのだ。幸福という文字が躍る。もうすでに、自分のものになった水田に、稲穂が頭を下げる風景が見えるほどだった。

このすばらしい名文の誘いを受け止めて、まず、県主導の二本松藩士の二八戸の移住が実現した。そして、中條の勧めたこおりやまの富裕な商人たちの開成社による一二〇戸の移住と続く。

このように、計画が作られて三年後の明治九年には、なにもなかった荒野に七〇〇人の新しい桑野村が出現したのだ。

その後、国の予算による大規模な久留米藩など五〇〇戸の全国からの移住と、三段階の異なる主管による開墾移住が実現する。

六〇〇〇人の住む村だ。

これは、ふたば町六〇〇〇人のみんなが暮らせる町造りにつながるのではないか。

私はどうして百合子が今目の前にいるのかが分かった。これからはじめようとする私の町の開拓につながる話なんだわ。

「うまくいったの、おじいさんはリーダーとしてこの大仕事を成功に引っ張っていったの」

「もちろん、ひとりのリーダーだけがなしとげたわけではありません。まず、予算が必要です。何もないところに物を作るためには資金が必要でした」

「ええ、予算はもちろん大事だわ。それで、開墾はうまくいったの」

その開墾の過程と移住して村を造った人たちのことを知りたい。百合子の祖父がはじめた計画がうまくいったかどうか結論を知りたい。

私の父が関わる全町移転を、ぎりぎりで決めなければならない崖っぷちにいるから、それが聞きたい。

「それはどうかしら。成功か失敗をだれが判断するのかしら。ほら、今このあたりにはあの当時の桑野という字名が残っているでしょ。久留米という地名もあるわ。開墾された土地はほらこの足元にちゃんとあるわけだけれど」

百合子はふっとやわらかく笑った。

「わたしは一七歳の時に『貧しき人々の群』という小説をはじめて書きました。貧しき人々の群れと書いているとおり、新しく作られた村に移住してきた武士たち、田畑を耕す農民たちの暮らしは悲惨なものだったと、わたしには見えたの。わたしが自分の目で見て移住してきた農民の暮らしを書いたのは、村ができた時からするとずうっと後のことです。

わたしは東京の現在の文京区に住んでいたのだけど、夏休みにはこのこおりやま市の開成にあった祖父の家に来てずっと暮らしていました。だから七歳のころから一〇年間ずっと、開拓村のことは身近に見続けてきました。

その時は祖父はもう亡くなっていて祖母がいましたけど、祖父は晩年をここで暮らしたのです。

祖父は安積疎水が完成する直前には中央官庁に転出して東京暮らしでしたが、村人にぜひこの村に戻ってきてくださいと懇願されたから、祖父の仕事は評価してくれていたのかもしれません。

わたしは『貧しき人々の群』の中で『開拓者自身は、ある程度まで自分の希望を満たし、喜ばれ、なおその村の歴史上の人物としてほめられるけれども、はかない移住民として、彼の最後の最も必要な条件を満たしてくれた、たくさんの貧しい者たちはどのような報いを得ているか』と書きました。

引っ張っていったリーダーの評価はいいのです。私は開拓を担ってここに移り住んだ主役の人びとの暮らしこそ、よく見て評価していかなければならないと思うのです」

百合子は、祖父ではなくて、新しい村を造りそこに移住してきた人びとの暮らしに焦点を当てている。

「あなたのお父さんたちが何をしたいか、今はその理想に突き進む時なんだわ。それもだれかが引っ張るだけでなく、町民みんなが最初からいっしょに移住を計画していくことが。ユリが、お父さんが失敗するのではないかと、気にする問題ではないのです。移住するひとりひとりが主人公です。引っ張っていくリーダーが主人公ではありません」

安積疏水の開通

「開墾は困難だらけで、移住して来た後も困難に満ちていたのね」

私はすでに百合子が書いた安積開墾のタイトルが「貧しき」となっていたとおり、大成功に終わったとは思っていないが、移住のはじめから終わりまでの行程をちゃんと知りたい。

だけど、どうして「貧しき」なんか付けたのか聞いてみたい。もし、私の町をよく知らないのに、かわいそうなふたば町なんて他人事のように言われたくないもの。

「ええ、どんなにたいへんな事業だったのかを話しましょう。これから、ふたば町はきちんと造成された土地ではなく、荒野に踏み込むのですから、困難な事柄もくわしく話していきましょう」

開墾し、移住し、そのあとに一番大切な水を確保するための灌漑工事に着手する。はじめからこの開墾地で米を作り暮らしていけるまでの未来を見通していた。それはかんたんに短い年月で終わる事業ではなかった。

事業の要として、すぐに開成館という事務所を建てた。今も、三階建ての立派な建物が開成山に残っている。あちこちから集まって来る者たちの心のよりどころとして神社を建てた。それはやがて今ある大きな開成大神宮となる。

まとまった広大な土地が広がっている場所は灌木の茂みがからまる荒野だった。

道などあるわけがないからまずそこから手を付けた。

使える機具といえば農民たちひとりひとりが手にしている鎌、斧、切り倒した木材を運ぶもっこ。

けれども、大事なことはここを開墾すれば自分たちの土地になる、住む家ももらえるという夢のような話だった。目の前の希望だった。

自分たちの手で荒れ果てた大地を田畑に変えるのだ。

こけや宿り木のついた太い幹を切り倒す。貴重な馬のひいた荷馬車につんで運び出す。

鎌やなたでからみあっている茂みを手作業で刈っていく。鋭いとげのあるいばらやシダや灌木の枝。石ころを拾い、太い木の根っこを掘り起こす。きじや山鳥が鳴いて、ウサギが飛び出して、それは賑やかだった。土をさがしてどろをかきわけ大事にすくいあげ畑にする。地面を確保してゆっくり広げていく。足が探り出す地面は貴重ないのちの土だった。だんだんに気持ちはひとつになって、作業もはかどった。一列になって前に進む一連の流れができていった。

開墾が完成してはじめての移民を受け入れたのは二年後だった。しかし、その後三年間は種をまいても芽がでず、土地に肥料を加えて土を作る日々だった。

開墾したばかりの土地は全く栄養分がなかった。

そして、低地でもともと雨の少ない土地であったから、たちまち田畑の水に困った。川もそれより低いところを流れていたし、もともと小さな川なのだ。

中條は次の大きな目標を立てた。国の補助を受け、水源を猪苗代湖から引き込む灌漑事業だった。

これまでの開墾事業は一定の評価を受けていたから疎水事業の動きは加速していっ

た。水さえじゅうぶんにあれば、これからも全国各地からの移住が見込めた。

まず、明治八年、中條は単身現地調査をした。土地の高低を測量して、どの地域を通せばうまく開墾地に水を引き込めるか検討を重ねた。

四年後には最終設計図が引かれ、安積疎水は着工した。

猪苗代湖東岸の山潟から取水して、田子沼を経て沼上峠をくりぬき、出口から今ある五百川に滝のように自然落下させる。そこからは分水路を使って開墾した原野を潤す。

水は生命線だ。長く細い堀を作って水を流すのだ。

年間を通じたおなじ水量が必要だ。流速や流れる方向の変化、高所から付ける位置を観察した。

安積原野は長く干ばつにあえいできたから、これまでも多くの人が水の必要を感じていた。それらの先人の立てた計画は大いに参考になった。だれも考えはおなじでおおかたおなじ行程だった。猪苗代湖の水を水田に流したいと考えた人はたくさんいたのだ。

その一人に、すかがわに小林久敬という人がいた。

運送業で歩きまわっていたから、猪苗代湖の満々と水をたたえた美しい姿はいつも見ていた。

小林は子どもの頃の飢饉を知っていたので、猪苗代の水さえ引き込めればと疏水のことが頭を離れなかった。稼業をそっちのけにして、ひとりでがむしゃらに国や県に出向いて交渉を続けた。こうと思ったらすぐに実行に移し工事場に出向き指図までした。

中條もその存在を知りながら、その動き方は効果がないとして、なんと、感謝状を贈って小林を遠ざけた。小林は家をつぶし家族からも離れて、如法寺のお坊さんに見守られての寂しい最期だった。

計画が本格化すると技術者の助けも加わる。まず猪苗代の水を利用していた会津へ配慮して、取水を調節する一六橋の石積が作られる。

疏水取り入れ口、沼上隧道など、難しい工事に全国各地から専門の組が招かれた。すべて手作業、頼みの綱は人の手だった。

家族で住んで自分が作った飯が食える。水は自分たちの生命線だった。疏水は移住者にとって大きな望みだった。多くの移住者が作業に加わった。

測量どおりに掘削する。やわらかい土層を取り除き、石を敷いてしっかり底を固め、岩交じりの土で覆う。ていねいにならしてひびによる漏水をなくす。

手作業が主だったが、機械が届いた時は歓声を上げた。

地盤をがっちり固めてくれる重い花崗岩のロールも届いた。何人力だろう。しっかり持っていないと小さな勾配でも加速度がついてころがっていくのでおおいに注意が必要だ。ひびきわたる声で、あぶないからどけろと下方に人払いをする。

地下水を吸い上げるポンプ。運び込める小型の発電機。掘削機がうなりをあげて硬い岩を削る。

夜間も働くために照明器具も必要だった。

せっかく加わった機械は動いてもすぐに故障した。部品はなかなか届かないからまた手作業に戻る。たえきれず逃げ出すものもあった。

しかしこの水が自分たちの田や畑を潤すのだ。てぬぐいでほおかぶりしてひざをつきはいあがり、よごれ仕事にまた取り組む。

用水路が完成すると、植樹して、根で土手がくずれることをふせいだ。水路はおなじ幅になっているか、せばめられて流れが急速になってないか確かめる。

明治一二年に、一年と九か月という短さで第一期工事完了となった。機械がなく手掘りという作業にしては早い完成だった。

すべて完成した明治一五年の通水式は雨だった。五〇〇人ほどの人々がずぶぬれになりながら、一三〇キロもの水路をたどり着いた水のほとばしる音に歓声を上げた。

翌年には干ばつが起きたが、疎水のちからは大きく、豊作になった。

疎水のおかげで、これまで多くの作業に携わった人も含めて、移住者は増えた。

まさに新しい村が出現したといえる。

「だけど、いいことだけではなかった。

ユリはまさに、新しい村は成功したかというのが聞きたいことよね。

土地を分けてもらった。家も与えられました。

疎水が貫通して目の前の畑に水が流れ込んだ時の感動は、それはすばらしいものでした。つらいこれまでの作業を忘れさせました。

だけど、肝心なのはそれをどう維持していくかなんだわ」

開墾補助金や蓄えはすぐに底をついた。

うまくいかなかった一番の原因は開墾地の収穫の少なさだった。

三年間というもの収穫はのぞめず、土地の改良のための肥料代と作付けなどを指導してくれる村の雇人の報酬に消えた。それまで農作業に携わっていた者もいたが、ほとんどが農作業に未熟だった。

次の年の種もみも買えずに借金した。種もみを買わなければ、翌年の収穫は見込めないのだ。

借りたお金がふくらんでいって、せっかく手に入れた土地を売り、小作農になるものが増えていった。

北風が吹き抜ける寒冷な気候も、やって来て初めて知った。

「せっかく実った稲が雪の下によわよわしく頭を下げるのを見た時の絶望は想像できます。もう限界だ、いったいこれまでのがまんは何だったのだろうと」

全国各地からやって来て、この場所に帰属意識のない寄せ集めの人びと。なんと移住者の七割の人がこの地を離れた。

「ばらばらのところから移住して来て、この土地がふるさととは思えなかったのです。だけど、ユリがこれから作るのはおなじコミュニティなんでしょ。そこが大事だわ。おそれないで、突き進むのよ」

百合子の話した移住の結末は、厳しい現実だった。開拓した土地は残っているのに、ほとんどの移住者は、この土地にいない。

ふたば町を造るだけでなく、町を維持していく。それは大変な計画になる。綿密な意志をまとめ上げていかなくてはならない。

「やっぱり心配したとおりだわ。せっかく立ちあげても、苦労して完成しても、うまくいかないことはある」

ユリはここへきて安心するどころか、前よりもっと先行きが心配になった。

復興とは心の回復

ユリの住むふたば町の支所は開成山公園の北側にある。

ユリたちの住む官舎の続きに、広い二間続きの和室がある。長い廊下側は障子戸だ。だいぶ色あせているが小さな破れ目は切り張りされている。

模様は桜、すいか、かえで、雪の結晶。

春夏秋冬どの季節にこの部屋に集まっても違和感がないようにね。越して来てすぐ母と私が作り、すこしだけ父も手伝った。

町職員や町の会報を読んだ町民が、連日集まって来た。

ユリは熱気に誘われて輪に加わった。年代は幅広く、きょうは五〇人ほどの参加者の中に、ユリのほかにも中学生や小学生たちの姿もあった。

なぜ町民そろっての移住ができると思ったのか。

「どこにいてもふたば町民」ということばは力を失ってきていた。この二年半の間に、足を踏み入れることのできないふるさとはどんどん遠くにかすんでいった。帰りたい、だけど帰れない。帰れないなら忘れるしかないと思いはじめていた。

埼玉の旧騎西高校を引き払いいわき市に役場を移転することになった今、思いがけない勢いでこの計画は力を持っていった。

福島県に戻りたい人、福島を忘れて今避難している街で出発したい人、この時点で具体的に定住先を決めようとする人が多くいた。

二〇一二年には、賠償金をこまかく見積もる資料も作成されていた。すでに個別に立ち退き金が提示されていた。田や畑、家、敷地、家具、仏壇など、細かくあらゆる項目が並べられていた。

それならその賠償金で、別々にではなくおなじ場所にまとまって作ればいいのではないか。

ほかの東北の県でも、国の災害復興金を使って、津波に流された土地をかさ上げした造成地が急ピッチで作られていた。しかし、おなじ集落の移転を前提にせず、とにかく作って後から入居者を決めるというところもあった。

私たちは違う。はじめからまるごと六〇〇〇人の移転だ。

父は長く町の役場に勤めていた。こおりやま市に支所ができるとすぐに所長になった。町長は選挙で変わることがあるが、父は長くそしてこれからも町を守る立場だ。

今日、町長は参加していないが、もちろん、町長の熱い意向は確かめてある。

「復興とは心の回復でもあります。私は町を守る責任がある。ここにきても、まだ気持ちを立て直すことができません。今私たちに必要なのは周辺への信頼と、心の健康だと思う。そのためにまず人が住む家です」

父は、建物と心の安定は切り離せないと話した。

父はこれまで仕事として、町の人たちのあらゆる相談にのってきていた。できませんと言わないと決めていた。

今日は、仕事ではなく、自分のこと、自分の家族のために、自分の声で話しかけているようだった。

「私たちは旧騎西高校の教室に分散して住み、それぞれ各地の学校の校庭に建てられた仮設住宅を借りたり、遠く、九州の市営住宅などばらばらに住む場所を見つけてきました。雨風が防げるところがあればそれで済む話ではないのです。安全ではありましょうが、安心は得られません。なかなか心の幸福感を得ることができません。ひいてはそれが体の健康も壊しました」

何人か、うなずくものもあった。身近で大事な人をなくした人がいる。いわき市の妹の家にいた私の母方の祖母も、避難後、病気でなくなっている。

幸福かぁ。幸福という言葉に、私は聞き覚えがある。

そうだ、中條が県民や全国に向けて開墾事業を知らせるために作った宣伝文の中にあった。

「畑を開き桑を養うものは、末永く幸福を受け、富裕の基をひらく。一尺を拓けば一尺の幸せあり、一寸を開墾すれば一寸の幸せあり」と。

生活できるだけでは足りないのだ。幸せを感じて生きていたいと人は願っているのだ。それは明治の人も、私たちもおなじ切なる願いなのだ。

それでは私たちはどうしたら幸福だと思えるのだろう。

幸福は、ろうそくのようなともしび、陽だまり、炎のような、温かいものとだれもが経験から知っている。訪れた時はしっかりつかんで離さない。

人それぞれの幸福感がある。

それでは、私たち町民の求めている幸せは何?

不安ではなくて安心感の中で眠ること。それは、突然、ぶった切られてしまった今までの暮らしとおなじ暮らしをすること。

では、おなじ、どんな町を造るのか。

場所は。まとまったそれだけの土地はどこかにあるのか。やっぱり、この福島県内がいい。まったく風土の違う土地は選択肢にない。けれども、放射線に汚染された町から逃れているのだから、できるだけ、影響はないところだ。この支所のあるこおりやま市はすでに除染されている。

しかし、この市内にまとまった面積はない。

新しく土地を切り開く。森や原野を探す。開墾する。

そこで、頭に浮かんだのが、この地で明治にやりとげた安積開墾だ。明治にできたことができないわけがない。鍬や鎌や斧で切り開いたことをショベルカーやブルドーザーで進める。測量もコンピュータで見通すことができる。

さいわい、町には建設に関わる、測量士も、建具屋も塗装屋もあらゆる職業の者が住んでいる。

これまでどおり、新築や増築は自分たちの手で賄える。変わってはならない。これまで先祖代々すんできたおなじ二階家を建てたい。年よりふたりで住むのではなくてあの時までのようにこれからは、孫たちもいっしょに住む。

ほうれんそう農家をしている早川ですと名乗って、日焼けした人が立ち上がって話し出した。

「私の家は母と妻と三人の子どもの三世代で住んでいました。今はどうですか。妻はふたば町の近くに住みたいと福島市に長男と戻っています。母は親戚の家に長女といわき市にいます。子どもたちにはすでにそれぞれ自分の学校があるのです。

私は遠く滋賀県で、友人の世話で土地を借りこれまでどおり畑作りをしています。ふたば町の土とは違うのです。なかなかほうれんそうに合った土が作れません。冬になると、土にへばりついて葉を伸ばすんです。家族いっしょに甘いほうれんそうを作りたいのです。

ばらばらにいたくありません。でも、家族いっしょに住む希望の叶う場所がないのです」

早川さんが話す家族の話は、だれもおなじように抱えていた。

はなればなれになっていても、先の希望がみえれば待てる。希望がほしい。

早川さんの話の後にひっそりした時間がたったが、また、ふたば町の青写真が語られる。

こんどは化粧品店のオーナーが声を上げた。いつも秋になってもTシャツを着続けている元気な人だ。今もすてきな袖のふくらんだTシャツを着ている。

「表通りの商店街はできるだけおなじ並びにしたい。私の家の化粧品店の隣は佐々木さんの理髪店です。その隣は橋本薬屋さんです。今も、店構えがはっきり目に残っています。春の新学期のために商店街でのぼりを新調して、ずらりと立てかけたばかりでした」

ああ、覚えている。きれいな茜色に白抜きの文字ののぼりが無人の商店街にはためくのが、テレビで映し出されていた。

子どもたちは文句をぐっと、押し込んでいる。

小学生のランドセルは校舎に残されたまま。ぬいぐるみは六畳の二段ベッドのまくらもとにおいたままになっている。さびしいよね。だって毎日必ず今日もいい日だったよと頭をなでていたのに。いい日でなくてもそういうと安心して明日を迎えられてたんだものね。

家も間取りも、様々な家具も本棚の本も、思い出すこともできないほどの時間が過ぎていかないうちに再現したい。

怒りは理想を生む

私は比べていた。明治の開墾に携わった人たちは、ここに自分たちの畑や田んぼはできるけれども、住む家のことまでは考えつかなかったと思う。屋根があって寝る部屋があるだけだった。

草屋根に、土間と板の間と、あらむしろを敷いた寝間があるだけ。住む人たちのこうしたいという希望は何も取り入れられなかったのに違いないと。

ただただ、与えられた造られた家に住んだのではないか。

今はたくさんの女の人が参加している。暮らしやすい町、暮らしやすい家にしたいとつぎつぎにアイデアを出している。ここではだれもが希望を言える。地位や有力者、長老の顔ではなくて、町のひとりとしての意見だ。

子どももうれしい。どんな学校がいいかと意見を聞かれている。

学校こそ未来だ。学校は、宇宙に行ったり宇宙から転校生が来るかもしれない未来につながっているのだ。にぎやかで自由で、秩序があったりなかったり。

設計図は町の建築事務所が分担して作成する。そこが出発点になるだろう。安積疏水が、図面が作成された時がゴーサインになったように。

いや、その前にやらなければならないことがある。

ここで全町移転の意見がまとまったら、文書を七〇〇〇人に配布し、町民の意思を聞かなければならない。移住する人を募るのだ。

これまでもふるさとを離れる人はいた。どのぐらいの人が去っていくだろうか。けれども、その人たちも祭りがあれば、せんだん太鼓を打ちに戻って来る。

次に、候補地を見つけ出して、許可願いをする。

安積開拓が、いくつかの候補地を選び出し、この場所が開拓に最適だと、国からお墨付きが得られた時のように。

その時、安積原野を詳しく調査して、政府に報告した復命書がある。

「一、土地。ねばりけはないけれど、壌質で細かい砂交じり。二、気候、極寒ではない。

三、村落、周囲みな村落に接している。四、山林がある。五、耕地になる。六、一等道路や阿武隈川に接している。七、水保ちよい」

なんというみごとにそろった立地条件だろう。

こんなふうに、私たちは、私たちのふたば町が移住できる場所を見つけて、許可願い書を送らなければならない。

こうして、百合子から聞いた安積開拓が進めていった過程のように、先へ進めていくのだ。

一歩一歩前に進む段階が見えてきている。

この場の気持ちがひとつになって高揚していく。

会議が終わりかけた時、私とおなじ中学校の同級生のひなたが、言いたいことがあると小さい、けれどもはっきりした声をあげた。

「わたし、山梨県に家族で移った。すぐにわたしはなんの気なしに教室で福島から来たことを話した。

何も言わなかった。にっこり笑ってくれたと思う。だけど、次の日からもう様子が変だった。だれも近づかないの。うつるという声がした。

放射線を持ちこまないでと言われた。それから無視された。そして、大人から聞いたのだと思うけど、賠償金のことを言われるようになった。消しゴムも鉛筆もいっさい持ちだせなかったのだからみんな新しい物を買うしかないのに、わたしを目で追って賠償金とささやくの。

大人のほうがひどい。どうして大人なのにそんなことを言うのかわからなかった。新しくできた近所の友だちと少年野球の応援に行った帰り、迎えに来たおばあさんに、避難者の子どもは乗せていかないと言われた。それは、ほんとに寂しかった。わたしは、手首を切った。ほら、見て。だけど、学校は自殺とは言わなかった。傷が小さいから自傷事故だと言うの。

ほんとうに周りはわたしひとりの存在に迷惑そうだった。こんどのことを聞いて飛んできたよ。そんな街に住みたくない。わたしの町に住みたい」

さっきまで、いっしょに住みたい、町並みはと、希望を話し合ってきた会議が、悲しく重苦しい雰囲気になった。

ひどいという言葉では表せない。私の持っている言葉で何と言ったらいいんだろう。むごい。

言葉ではなく、憤怒が体を流れていく。

楽しい計画ではない。生存する場所を建てるのだ。覚悟が欲しいのだ。

町内会長さんが沈黙を破った。

「みんな知っているな。つい先ごろだ。二〇一三年の九月のオリンピック委員会で、東京でオリンピックが開かれると決まったそうだ。招致のキーワードは福島復興だそうだ」

「知っている。原発が起きて今なおたいへんな時に、東京では二〇二〇年七月に東京オリンピックを開くことを立ち上げた。俺たちが住むところも定まらずに右往左往しているときにだ。

爆発して四日目に、どこぞの政治家が『こんどの原発事故は天災だと思う』などと無責任なことを言っていたその口が『大震災から立ち直った九年後の日本の姿を披露する』という言葉に変わった」

「えっ、復興五輪を打ち出したことは、それはありがたいことではないのか。おれたちの福島県のことをしっかりと頭に入れてくれているのではないか」

びっくりしている声があがる。

私も、五輪は私たちのことを思い出してくれる場所になるのではないかと思っていた。世界中の人たちが福島を思い起こすのだ。

「いいや、福島でまだ原発の水漏れが続いていることを安全かと聞かれた時、何と答えたと思う、東京は二五〇キロも離れているから危険なことはないと返事をしている。どうしてそれで、福島復興を頭に入れていると信じられる?」

福島は危ないかもしれないが、遠く離れた東京は何も変わらず安全だと言っている。原発は東京都民のために消費する電力を作っていたのに。

私たちは怒りでいっぱいだった。

怒りは力になる。怒りは理想を生む。

「俺たちでやるしかないのだ。復興は自分たちが理想を描いて取り組むんだ」

ふたば町民に全町一斉移転を募る文章は、名文でなくていい。これまでのみんなの思いを書けばいい。

ふたば町は消えない

百合子にここで会うのは三度目になる。

なんだか今日は空模様が怪しい。雲がゆっくり形を変えて流れていく。

「そのあとどうなったの。開拓した村に移住した人はみんな幸せに暮らしたの」

私は百合子に今日もおなじことを聞く。ほんとうは『貧しき人々の群』読んできていた。だからそのあと、移住はうまくいかない結末を迎えたことは知っていた。

「いいえ、残念ながら、移住者の三割の人しか残らなかったわ。私が書いたのはその残った人々の生活なのです。残った側の暮らしさえ困難を極めたのです」

百合子は何も隠さずに、悲しみのこもった目で、どうしてむくわれなかったのか話した。

「天候の不順が一番の原因でした。収穫がなくて自分たちの食べる食べ物に困り、病気になり薬代もなく地主に借金をし、それが返せずせっかくの土地を売り小作農になりました。どんどん生活は逼迫する一方だったの。それはわたしがこの目で見た確かな姿よ。『貧しき人々の群』に書いたとおりです。

わたしがあの作品を書いたのは、大正五年です。『貧しき』なんてタイトルからしてずいぶんな言い方だったわね。

わたしは裸足になって田んぼや畑を朝晩二回歩きまわりました。じゃがいもを掘り起こし、たわわになったいちじくやあんずの実をもいだ。わたしは腐ってぐずぐずになった芋をつかんでさわいで、働いている気分になっていました。

自然は美しかった。祖母の家をくり返し訪れたのは緑や山の風景がわたしをとらえていたからです

だけど、自然はただながめるものではない、人が生きて立つ大地だとわかってきました。まず生きるための大事な食べ物を生む土地なのです。

わたしの家作の田や畑はしっかり肥料をまいてしっかり実っていたけど、小作人たちの田畑はひどい状態だった。

食べ物を生む大地と接しながら収穫がなく、ただひときれの芋が煮えるのを待ちきれ

ず、取り合いをする子どもたち。その子どもらは、『おまいらの世話にはなんねいよ』とたくましくわたしを追い払いました。

だけどそれでも、一七歳のわたしは、開墾の中に居てあの時、こう叫んでいるわ。『わたしは泣きながらでも勉強する。一生懸命に励む。わたしの手は空っぽである。何もわたしは持っていない。このちっぽけなみっともないわたしはほんとうにとほうにくれまごついていた。どうしたらよいかしらとつぶやいているほかに脳がない。けれどもどうぞ憎まないでおくれ、わたしは今にきっとなにかを捕まえる。どんな小さいものでもお互いに喜ぶことのできるものを見つける。どうぞそれまで待っておくれ。たっしゃで働いておくれ。わたしのかなしい親友よ』

わたしはただ見ているしかなかった。いかに見て、どう感じたかを書くだけしかなかった。起こったことは正直にうけいれて、正直に考えようと」

私の目の前の百合子は、あの日、叫んだままの一七歳の百合子なのだった。

「やっぱり、貧しい人とさげすんで言ったのではないのですね。それで、ほんとうにその気持ちを持ち続けたの。その答えを私は知りたい。だって、理想を持ち続けるのはむずかしいもの」

「貧しいのは、開墾者のせいではないはず。なまけたり働かなかったせいではないのです。そして、土地を取り上げた地主のせいだけではない。もうけたいだけの高利貸しのせいだけではない。

きっとたくさんの解決しなければならないことが押し寄せてきて、わたしは待っていてくれ、逃げ出さないでここにいて働き続けてというしかなかったのです。

わたしは学校に行って社会に出て、おなじ考えの仲間を見つけてこの貧しさの問題を考え続けた。

それはとてもたいへんなことでした。続けられたのは、自分のために考え生きたからだと思う。決して人のために生きようとしていたのではないの。人のためだったら続かなかった。

あの小説を発表したあと、たくさんの人が批評してくれました。

『ひとりの少女は、自分をまともな女として作家として引っ張っていくためには、一片の小説を発表したことによって自分の内と外に引き起こされたあらゆる不自然な力と戦い続けなければならなかった。その意味で、この作品は、ひとりの少女の生活と文学との可能性がそれによって、進みおわらせるか、夭折させられるかという、重大な危機を

『その第一歩からもたらしたのであった』

わたしが小説を発表したことが重荷になって挫折しないかどうか心配してくれたのです。だけど、考え続けていたことは全部わたしが知りたかったことなのです。どうして、昼に、おじょうさんと愛想を言った農民が、こっそり夜にわたしの家のかぼちゃをぬすむのか。

わたしはあの若い日に目の前で見た現実を、けして忘れることはなかったのです」

「ええ、知っている。わかっているのです。若い時に叫んだ言葉をあなたが一生貫いたことを知っています。それはだれもできない、烈しく押さえつけられても曲げない困難でいっぱいの道のりでした」

だけど、私にはむずかしい。私は目の前のこの計画がうまくいかなかったらと恐い。

「あなたがやる前から恐れていることはないのよ。

お父さんだけでなく、多くの町の人がおなじ方向を向いているんでしょ。みんなでひとつにまとまった理想を実現しようとしている。

小さな失敗はあるかもしれない。

大切なのは理想だわ。理想は生きることにつながるの。

祖父の計画はどこでどうねじれていったのか。ずっと引きずっていました。なぜあの結果になったのか。安積開拓は何だったのだろうと。

だから、これからのユリたちの全町移住を応援して、見守っていたいのです」

百合子は心から応援してくれている。

「明治の時の移住が、食べるためとりあえず生きるためのものだったけど、今ユリが望んでいるのは、自分の家の居場所で自分がよりよく生きるためのものに変わってきている。とてもうらやましい。うれしいわ。ずっと見ていたい。

たくさんの開拓者の血と汗と涙を吸って広がったこの土地に町を造ったらいい。猪苗代の周辺にも土地はあるのです。

広大な市民の憩いの場の森林公園も広がっている。ゴルフ場もある。手入れされていない山林がある。跡継ぎのいない休耕田がある。森を壊すことではないのよ。荒れてほったらかしになっていらくさが絡み合っている森は、再生したらいいのです。

若木を植えていけばいい。

町並みには木を植えるでしょう。学校にはさくらを植えるのかな。

ふふ、あの時代もうけた商人の力で発展を続け県内一の大都市になったこおりやま市は、困っているふたば町を受け入れたらいいのよ」

なんというやわらかい、そして強靭な助け合いの発想だろう。

私はもうすぐ一五歳になる。この開成山で百合子に会ったことを大きな力にする。私は百合子が二つしか上ではないのに、こんなに柔軟に考えて叫び、作品に書き表したことに驚いている。

私は、私たちが住む場所を探さなければならならなくなったおおもとの原子力について考えてみる。まったくこんなふうにすべてを失ったのは原発のせいだ。

だけど、私たちは安全だと信じて受け入れてきた。受け入れて、恩恵を受けてきた。

町造りを考える中で、核の平和利用、国のエネルギーを担うという、キラキラした言葉で自分たちで受け入れてきた原発のことを抜きにしては、進めない。

私たちは商店街に大きな道をよこぎる看板を誇らしく立てていた。

「原子力明るい未来のエネルギー」

国の募集に応じて、小学生が標語をいっぱい考えたのだった。

「原発は都会を外して作られた。どんどん遠い見えないところに作ればいいのではないのに」

「それが理想を持つということなのよ。ユリさんも、原発事故という目の前に起きたこの大きなことを、決してそのままにはできないはずよ。自分の目で見ているのだから。私たちは目の前のことだけを見て生きているわけではないのよ。ここから、もっと、はるか先を見ていたいわね」

原発に出合わなかったならばと考えることがある。だって、ここからほんの少し離れたところに住んでいる人たちはおなじ毎日を繰り返し、家族と友だちと暮らして、なやんだり迷ったりしていないのだから。

だけど、見ないですんだらよかったとは思いたくない。私たちはもう知らんふりをすることはできない。ああ、だけど、やっぱりふるさとも今までの暮らしも失いたくなかった。

「祖父は安積疏水が完成する前にこおりやまを離れて中央官庁という場所に移動したのだけど、ずっと、開拓のことは気にしていたと思います。

残っていた移住者たちに請われて開成山に帰って来た時、『土地の開拓は終了するも精神開拓はいまだじゅうぶんならず、青年たちを育てたい』と言ったの。

土地や家も不自由な中で、流されずに希望を持つことはもっと難しいとわかっていたのかしら。貧しいことはつらいけど、それより、人間関係が幸福度を高めると知っていたのだわ。

ふたば町がこれからやろうとしているお互いへの信頼が、きっと大きな幸福感につながります。

祖父は私が一歳の時に六一歳でこの開成山の地で亡くなっているから、私は祖母に話を聞くだけでした。

開拓の功労者だというけど、あの長年にわたる大事業を見るとおり、だれか一人の力ではなくてたくさんの人の知恵と度量でなされていったのはあたりまえの事実です。

それでも、まとめる力は必要だと思う。ユリのお父さんを応援して。新しい動きに将来も生き続ける若い人の力は必要なの。新しく移住して町に住み続けるのはユリたちだから。

この足の下にある安積開拓の苦闘や瞬間瞬間にはあった喜びの歴史が、ユリたちの未来につながっていくとしたら、ほんとうにうれしいわ。未来は歴史の中にあります」

私はずっと、百合子と話していたかった。

百合子もやっぱり、幸福という言葉を使った。「ふたば町がこれからやろうとしているお互いへの信頼が、きっと大きな幸福感につながる」と。

私たちは幸福を求めていいのだ。

そして、将来を生きる私は、助けられる側から助ける人になりたい。

百合子のさいごの言葉が耳に残っている。

「ふたば町という名前とてもすてきです。気がつかないほどの小さな芽が下草の陰からちゃんと顔を出している。ほら、ここにも、ちいさい双葉が」

百合子はしゃがみこんで土に手をふれたまま、消えてしまった。

「ああ、父が口ずさむ双葉高校の校歌に、一葉に双葉のちさきより昼なお暗き森ならん、の一節がある」

まもなく雨が降りそうだ。

双葉は、困難に負けずに土から萌え出して、風雨に負けないで、きっと大きくなる。

ふたば町という地名は決して消えない。決して消さない。

私は、中学生の私は、今、目の当たりにしていることをしっかり見つめて、言葉にしてここに書き残す。

教室のすぐ隣にある戦争

教　室

校門を入ると、正面に、歴史を誇る桜中学館のシンボルともいえる美しいデザインの時計が目に入る。針が正確にひとつ動いて、今日も生徒を時間でしばる。

私が遅刻すれすれで教室に入っていくと、あちこちで、いつもの花、鳥、風、月のグループになって話していた。

私は一番うしろのドアのすぐそばの席にすわった。遅れてしのびこむ時も、さっとぬけ出す時もとても都合のいい場所。難点は、早く着いてしまって座ると、うしろを通る雑多な音がうるさいこと。

こんなふうに、ひそひそがやがやかたまっているのはめずらしいことではなかったけど、今日のふんいきはなんかあやしい。

「失踪、行方不明」

キャッチできたのは、これまで教室では聞きなれない言葉。化粧品の話でも、すきな人の話でもないみたい。

深見あおいというクラスメートの名前もなんども聞こえてきた。

（今日は深見さんのことで、盛り上がっているんだ）

深見の席は、窓際の一番前。空いている。まだ登校していない。たしか、三日、四日前から欠席だったかも……。あれ、いつから？

いいかげんなこの無関心さは、深見だけでなくクラスメート全員に対する私のスタンス。私はグループに属していない。

一時間目の国語の時間。未来先生が、教壇に立つとすぐ、きっぱりした声で切り出した。

「今日はホームルームに切りかえます。議題はふたつありますが、まずこちらの問題から先に決めてしまいましょう。今は一二月、毎年、年明けに市内のスピーチコンテストがあるのは知っていますね。私が国語主任なので、今年は三年のうちのクラスから代表を出して指導するようにと頼まれました。やっぱり代表は藤院高子さんでしょうか。どうですか」

高子はしんと黙っている。花グループに君臨しクラス委員で資格十分なのに、高子は返事をしない。

「そうですか。ごぞんじのように、これは、内申書の高いポイントになります。ちょっと、成績がいまいち伸びてないというかたは、立候補していいのですよ。自分の考えを多くの人に発信できるいい機会でもあります。……。おりませんか。困りましたね。それでは、江夏夕実さん、お願いできますか」

夕実は、成績がいまいち伸びないグループのメンバーではないから、つんと座りなおして、首を振った。

「スピーチの内容は何でもいいのです。あ、そうは言っても、国際問題とか、平和の問題とか人権とか、さしさわりのあるテーマは、こんな時代ですからさけたほうがいいでしょう。

壁に耳あり、障子に目ありということわざがあります。古いことわざですが、障子はまだ日本家屋に残っているからわかりますよね。こっそり見られている、聞かれているから気をつけてと言う意味です。ですから、あまりさしさわりのある発言ではなく、だれに聞かれても賛同を得られるような、たとえば、友情とか思いやり、家族愛とか、そんなテーマが書きやすいかもしれません。ああ、ねらって、今年は純粋に国や郷土を愛する気持ちなんかがベストだと思いますが」

未来先生は早くこの件をすませようと一生懸命、スピーチの中身までアドバイスしている。

「そうですね、だめですか。書きやすいところで、読書のことなどどうですか。今読んで感動している本の紹介はどうですか」

読書といったとたんに、みんなの目が私を見た。

ほう、私はこっそり図書館に通っていると思っていたけど、あんがい、私を観察している者も多かったのか。

「時間がないので」とかいうことで、未来先生はみんなの視線が私に集まるのを見て、この問題をかってに切り上げた。

「有馬ミルさん、いいですね。原稿、一週間で仕上げて見せてください。細かいところはあとで」

ええっ、なんで私？

去年は高子さんが自ら立候補したではなかったかな。たしか、難しいテーマで、タイトルは国際紛争がどうとか。どうして今年はそういうテーマは駄目なんだろう。こんな時代って強調する意味がよくわからない。今年は、どうして高子さんや夕実さんはスピーチコンテストに出ようとしないんだろう。

まあこのごろやたらに、みなさん選ばれたエリート集団です。学校のために、国のためにやれることを自覚してと、なんだか細かくてめんどうくさい。

こんな時代って、私は気が付かないふりをしているけど、確かに学校を出ると、空気が変だ。

新聞では連日、遠い国での戦争を報じている。すると、すぐ海を隔てた隣国は何を考えているかよくわからなくてこわいから、攻撃に備えなければならないとあわただしくなった。国民の安全を守る準備を進めているから、訓練中の重大な事故も起きて、戦う前に犠牲者が増えている。

それより、私に差し迫っているのはスピーチコンテストだ。

読書って言ったたって、私の読むのは小説より歴史とかノンフィクションが多い。今くり返し読んでるのは、田中正造という人物に関する本だ。何か変わっている人で、気に入ったから、関連の本をずっと読んでいる。ただおもしろいから読んでいるだけ。

私がイエスともなんにも言ってないのに、先生の頭の中では決定したようで、次の議題に移った。

「驚かないで。先生あてに欠席している深見さんからメールが届きました」

未来先生は読んでいいのか、悪いのかというふうにスマホを見たりおろしたりむだな動きをしていたが、読まなければ解決には向かわないからといって、読みはじめた。

「未来先生、もうすぐ、みんな受験だというこんな時に、問題を提供してすみません。私はもうムリなのです。私に何があったのか、それぞれ自分の声に聞いてほしいというのが最後の願いです。私は教室にいるのにずうっと存在のないパセリでした。私は見えなかったのでしょうか。私がいなくなってもだれもかなしまないでしょう。残念です。私は遠くに行きます。もう、教室には戻りません。どうぞ、探さないでください」

（えっ、なにそれ、意味わからない。パセリってわらっちゃう。ちょっと幼稚な文面……）

私が集中できずにいるのに、未来先生は何か心当たりはないかと聞いていた。スピーチは、このあと断ることにして、しかたない。この時間はとにかく、深見のことを考えよう。

「一二月というこんな受験追い込みの大事な時で、みんなに心配をかけるのはとても心苦しいのだけど、はい、こんなことで時間を取りたくないのだけど、できれば早く終わりにしたいから」

未来先生は、さっきまでとはちがって小さな声で言った。

受験かぁ。そんな特別なことがあったんだっけ。こんな時代って受験追いこみってこと? ふっ、私はいつもおんなじ、受験勉強なんて特別してない。だけどいくら鈍い私でも、先生の言うこんな時代という言葉にあるのは受験ではないと感じはじめているけど。おなじ方向に誘導される、かすかな静かにからめ捕られていく窮屈な匂い。

深見あおいは、このクラスの「花」グループに属している。すべてみんなにうらやましがられるトップグループにいて、何かに悩んでにげだすとはこれまでとうてい思えなかった。

クラスには「花」、その次に「鳥」、おんなじ横並びのグループが二つあって、「風」と「月」。どこにも入っていないひとりがすきな子が四人ぐらいいて、私は、そのなかのひとり。

グループの名前からあんまり上下関係がわからないかもしれないけど、この世の美しいものの代表という「花鳥風月」って人気グループのしぶい歌がはやっていて、そこから上から順に名前を決めたみたい。

楽しいね。ほらね、これで、うちのクラス二九人の配置がなんとなくわかったかも。

深見は受験のことを気にしていたのかなあ。トップグループには、すべて上の者が入るわけで、その中にはもちろん成績も入る。ほかの、顔、家柄、金持ちかなどは尺度も調べようもないから、自己申告って感じだけど、成績だけは数字だからごまかしようがない。

クラスにはこのまま系列の私立高校に進む子と、違う高校に挑戦する子が入りまじっていて、けっこう競争がシビアなのだ。

未来先生は教室のことはまったく気が付いていないのか、知っていて聞いているのかわからないが、何があったのか教えてと、ずうっと心細そうな顔つきで見まわしている。

その時、ブブブとあちこちで振動が起きて、だれかがこっそり携帯を出した。つられて、授業中は見てはいけない決まりを破って、みんなが携帯を見ている。

郵便はがき

料金受取人払郵便

宇都宮
中央局承認

2675

差出有効期間
2025年4月30日
まで

3 2 0 - 8 7 9

(受取人)
栃木県宇都宮市本町10 - 3
TSビル

随想舎 行

小社へのご意見、ご感想、希望される出版企画、その他自由にお書きください

ご記入いただいた個人情報は、当社のDM以外に使用することはありません。

ご購読者カード

今回のご購入書籍名

お名前　　　　　　　　　　　　歳（男・女）

ご住所（〒　　-　　　）

お電話番号

ご職業または学部・学年

購入書店　　　　郡・区 市　　　　町　　　　書店

本書の刊行を何によってお知りになりましたか。

書店店頭　広告（　　）　書評（　　）　推薦　寄贈　ホームページ

購入申込書

このはがきを当社刊行図書のご注文にご利用下されば、より早く、より確実にご入手できます。

（書名）　　　　定価　　　（　　）冊

（書名）　　　　定価　　　（　　）冊

（書名）　　　　定価　　　（　　）冊

どちらかにしるしをつけてください。

当社より直送（早く届きますが、送料がかかります。振込用紙を同封しますので、商品到着後、最寄りの郵便局からお振込みください）

書店を通して注文します。（日数がかかりますが、送料はかかりません）

下記に記入してください。

書　店	取次	（この欄は当社で記入します）
県 都 府　　郡・区 市　　町		

びっくり。私にも、おんなじにメールが来ていた。クラスの連絡網の一斉メールのようだ。

文面は、いま、未来先生が読んだのとおんなじ。ほんと、一斉メールって、便利。

しばらく、ざわざわしていたが、発言はもちろんなくて、一転、告白合戦のようになったのは、この江夏夕実の発言からだ。

夕実はおなじ花グループトップの藤院高子のほうを気にしながら言った。

「私、深見さんの近所にすんでいる隣のクラスのいとこがいるんですが、家出じゃなく、これって、失踪というんですか、その夜、深見さんが家に向かって、お母さん、お母さん、お母さんって、三回呼んでいる声を聞いているんですって。なんだかとってもかなしそうな地の底から伝わってくるような声だったと言うんですが、それを聞いてもわざわざ外に出なかったそうです。

たとえば、どこかでだれかが助けて、きゃあと言ったとしても、夜中だから、外に出ませんね。まあ、私なら、きゃあ助けてと三回聞こえたなら、そっと窓から顔を出すかもしれません。でも、これまで、たいがいじっと耳をすますと一回だけで、ああ、そら耳だったんだと安心することにしているんです」

なんだか本筋とはなれたような、すこし脱線したような発言になったから、前の席の子が夕実に質問した。

「それで、それって、失踪する夜のことなの。深見さんはその次の日から学校に来なかったというわけ？」

「ええ、私が深見さんがもう五日も休んでいるけど、なにか知ってるといとこに聞いたのがきのうで、そしたらいとこがその話をしたのです。たしかに、数えてみたら、そのお母さんと呼んだ次の日から休んでいます」

「どうして、そんな重要なことを、そのいとこさんは今まで話さなかったの」

「えっ、だれに話すの、なんのために？」

夕実はどうして自分が非難されるのかわからないふうだった。

そうねえ、いとこさんは、ほかのクラスだし、深見が登校していないのに気がつかなかったのなら、聞かれるまで言わなかったかもしれない。深見が叫んでも無関心だったようだし。叫んでないか呼んだのか。でも、あたりに聞こえるぐらいの声なら、反応してもよかったんではないの。

私たちは私たちで、深見がそんなにかなしそうなうしろ髪をひかれるような声を聞いていなかったから、だれも今まで、失踪なんぞと話題にしなかったのはしかたがない。

ということは、もう、一週間になるけど、今一斉メールがこなければ、だれも、深見がなんで休んでいるか気がつかないままだったのかもしれない。私は休んでいること自体、気にしていなかった。

ところが、事情は違っていた。深見は、学校を休むもっと前からラインで助けてのサインを出していたのだった。

夕実は、まっかな花模様の携帯を操作しながら言った。

「グループのみんな、ラインやってるでしょ。前から助けて助けて、私がきらいなのってうるさかったの、読んでるんでしょ。ほら、これ」

「どうして？　いつから。深見さんは何で助けてとメールしてるの。このクラスには何か問題があるの」

未来先生は、質問系の発言を連発した。

「うちのママも、ライン読んでいたよ。ぐいと首を伸ばしてのぞきこんでね。私に、名前があげられるようなことしていないだろうね。ほら、よく、この子を恨んで死ぬって遺書に名指しする子がいるからって、言われました」

「あおいのメールにだれも返信しなかったから、だから私も返さなかった」

「花」グループの子が、次々と、高子を見て言った。

あれあれ、このグループの子はだれもが、深見が助けてと言っていたことを知っている。

それは自分だけでなかったから、だれも、自分のことだって思わなかったんだろうか。そして、だれが深見に何をしてたの。それに私もクラスの一員だから、私は何をしたの？　いや、何をしなかったの？

私が思いあたること。つい最近なら、屋上に上がった時、深見がすぐうしろに来ているのがわかったけど、重いドアだったから待ってないで閉めたこと。がーんって、ちぢみ上がるほどの音がしたっけ。それって、深見にだけしたわけでなくいつもそんな感じなんだけど。そうね、あれが「存在が見えなかった深見」につながったら困るけど……、そんなことが重なったら、やられた人はきついのかもしれない。

まあ、私もとても、いやだと思うことはある。

やってる本人はぜんぜん気にしていないようなこと。たとえば目配せ。本人同士はだれも気がつかないと思っているらしいけど、私は、だれをターゲットにして目配せしているのが観察できる。あきらかに無視しようという合図だ。ちがう考えの人をのけものにしているんだ。

気になるというより、私は気にいらない。

私はひとりがいいと、まわりを気にしないことで克服してきた。深見の人なんかのせいにしないで、私とおんなじに、どうしてもいやな時間は、心臓に手をあててやり過ごしたらいいのに。それって落ち着くの。一分かかるけど。便利なんだよ。だれも期待してないところにいたくないから自分で存在を消すの。

だけど、ほんの短い時間なんだからやり過ごせばいいのに、だんだん、私もやり過ごせなくなっている。このままいったら、気にいらない人ばかりになって、私だって、そばにだれもいないところのほうがずっと居心地がよくなりそう。

それぞれ対立しないおなじグループで固まってうまく動いていたのに、深見は卒業まであと三か月もないこの時期に、いったい何を考えて反乱したんだろう。

図書館

放課後、私は図書館で本を読んでいた。

ホームルームでは断るチャンスをなくしてしまって、私が声を出すまもなく決まってしまったみたい。いつも、ぱっと反応して声を出す習慣がないから、こんな時そんをする。

今日は学校の図書室でなくて、町の図書館に来た。なんだかめずらしく今日はすっかり疲れてしまった。

深見のことも頭をしめている。早く、だれかが解決して、深見があの空いている席にすわってくれたら、それで世の中安泰なのに……。

席が空いているだけでは、なにも気にならなかったのだけど、私にメールがきたこと

で、ようやく、小さな衝撃になった。いったいどうして、グループの子には、助けてというメールがずんとした衝撃にならなかったんだろう。

深見のことより、スピーチだ。のこのこ、明日、「能力がなくてできません」とは言いたくないから。やれるかどうか、目安だけ早く立てておきたい。私はやれもしないことを引き受けたあと、断るほうがもっとエネルギーを使うと、なきながらやりとおした記憶がいくつもある。

だけど、私に、みんなの前でスピーチしたい話ってあるんだろうか。

いつもの広い閲覧室のはしっこに席をとった。暖房がきいていてあったかい。眠ってしまいそうになって、ときどき、目をあげて外をながめた。

大きなけやきの木が敷地を分けているけど、向こうには保育園がある。雪遊びをしている元気な子どもたちが走りまわっている。首都圏に一二月に雪が降るなんて、ほんと、めずらしい。まだお迎えが来ない子どもたちなのだろう。

もし、私に兄弟がいたら、こんなに無口な子にならなかったのかな。両親ともに働いているし、なんだか、しゃべらないでいると、どんどん、話さないでも平気になってしまったみたい。

私は、今日もまた、おなじ本を読んでいる。

『田中正造』だ。

とにかく、おかしな人なんだ。

代議士までした人なんだけど、ぼさぼさの髪で、よれよれの木綿のはおりとウールのはかま姿で、年中、だれも聞いていないというか、聞きあきたと言っているのにひとつの事を叫び続けた。そんな人、この世の私の周りで見たことがないから気に入っている。

だって、今、私がその代表みたいなものだけど、意見の合わない人とわざわざ話したりしない。自分の考えを人に知ってもらうつもりはない。あれ、そうじゃなくて、そもそも、必死でだれかに話したい中身がない。

だから、ずっと、信念を持ってひとつのことを人に訴え続ける田中正造という人がすきなのだろうか。ほんとに、化石みたいな人なんだ。化石とまではいかないけど、今から一〇〇年ほど前に亡くなっている人だ。

紹介すると、明治時代にこんなことをした人。

「田中正造は、地元の栃木県の谷中村に鉱毒を流す足尾銅山の廃止を叫び続けた。

渡良瀬川の洪水のたびに鉱石から毒が流れ出し、下流の谷中村では魚が死に、麦が立ち枯れた。村人の年寄りから赤ん坊まで鉱毒病に倒れた。鉱害は長く続いていった。

けれどもだれも、田中正造の国会での演説にも、耳をかさないのだ。

なぜかというと、この間に国は日清戦争、日露戦争をはじめている。足尾銅山の銅は鉄砲の弾になり、どんどん輸出されて機械や兵器を輸入していた。国は小さな村の農民より銅を選んだということらしい。

そして、何と、このあと鉱毒ではなく洪水を防ぐという理由で、谷中村全体が立ちのかされて村は消え、だれひとり住んでいない広い広い遊水地になったのだ」

ほんと、信じられない時代だ。

私は、読みかけの『田中正造』のさし絵に目を移した。

この伝記の中に、私とおなじような年の谷中村の女の子が出てくる。女の子は、「なにも悪いことをしていないのに立ちのくのはぜったいいやだ」と言って、ほかの一五戸といっしょに村に残ったのだけど、家はかってに破壊される。それでもその日から掘立小屋を作って村に一〇年間も住み続けたんだって。

谷中村の女の子が自分の家がとり壊しになって、むざんにつぶされていくのを、じっと、くやしそうにながめている絵。

あっ、この女の子は、心臓に手を当てている。

「働き手のあんちゃんは日露戦争で死んだんだよ。あんちゃんは、家も畑も村もみんな、出て行く前とおんなじに残っていると、遠いふるさとを夢見たままで死んだんだよ」

と、ないている。女の子は、戦争で死んでしまったあんちゃんに、ふるさとがなくなったことをなんて報告したらいいのかわからない。

小さなさし絵だから、何度も読んでいたのに、とり壊される家のほうに目をとられて、この女の子の右手に気がつかなかった。

これは、私かもしれない。これは、私なの？

その右手は、ギュッと開いて、心臓をつかんでいる。

これって、私のくせだ。私は、自分でも気がつかないで、心臓を握りしめることがある。だれの前でもそんなはずかしいことをしているつもりはなかったのだけど、たしかに、その場をやりすごさなければならない時間、がまんしてほんの一分、胸をおさえている。大きく息を吸って止めて吐く。吸っても吐いてもおなかは動かないように訓練しているから、だれも気がつかない。

一度、「どうしたの、どこか苦しいの」と、聞かれたことがある。あ、もしかして、クラス替えがあったころ、深見あおいに声をかけられたのかも。そうかもしれない。深見のほうが、ずっと、弱々しい声で聞いてきたような……。

この谷中村の女の子のかなしみのうしろには、大事なあんちゃんを亡くした戦争があるみたい。がまんしてるだけなのは、私とおんなじにまだ大人ではなくて、子どもだからなんだろうか。

きっと、この子は、大声で叫べばいいのにそれができないから、ただ、心臓があばれてとびださないようにやり過ごしているのだ。

あらあら、叫ぶって言えば、深見はお母さんと叫んだのに、だれも無視したみたいだけど……。がまんしないで叫んでも効果ってないのかな。

だけど、私の時代には危うい空気があるけど実際にはまだ戦争が起きてないから、女の子のかなしみも、田中正造の、毎日毎日演壇から引きずり降ろされてもスピーチしたエネルギーの基が、ほんとはよくわからない。戦争があって、食べ物がなくて、死がいつもそばにあって、そんな時代に生まれなくてよかった。私はそんな時代に巡り合いたくない。

この時、女の子の家のとり壊しの命令を出したのは、内務大臣で足尾銅山の副社長の、原敬という人だった。

原敬は、田中正造が日露戦争より谷中村が大事と言っていたのに、日露開戦の翌日の日記に、こんな事を書いていたのだ。

「わが国民の多くは戦争を望まなかったのは真実だ。一般国民、特に実業者はもっとも戦争をきらっていたが、これをとなえる勇気がなかったのだ」

えっ、なんという本音を日記に書いているの。政治家なのに、こんな人ごとみたいなことをどうして言えるんだろう。望まないのなら、田中正造みたいにどうして戦争をやってはいけないって言わなかったの?

田中は日露戦争に反対して「よその国と戦うより、日本の谷中村を返せ」と、「ひとにぎりの農民であっても、おなじ国民だ。国民を大事にしない国は、ほろびてしまうのではないか」と言い続けたのに。

ほら、こんなふうに田中正造と原敬をならべてみると、どうして私が田中正造がすきなのかがわかると思う。

ほんとうに、この原敬は谷中村の女の子の敵で、田中正造の敵だ。こんな人がいるから私は、田中正造がかっこいいと思うのかもしれない。

私は、田中正造のような生き方をしたいのだろうか。そんなはずはない。すごいなと思うだけ。

だけど、もしかしたら、今度のスピーチでこの人のことを取り上げて、こんな生き方をしたいっていうつもりなの？

うそうそ、そんなことありえない。自分もそんな生き方をしたいなら取り上げてもいいけど、理想なんかを語るのは私にはにあわない。なんか、スピーチコンテストって、できないりっぱなこと語らなきゃならない感じで、やっぱり、私ははずかしくて滅入ってしまう。

ああ、どうしよう。スピーチをやりたくない。私には、語るべき言葉がない。さいわい、私の近くには戦争なんかないんだから。私は意識してこんな空気を払いのける。

私の目下の関心と言えば、そうねえ、どうしたら、あと三か月、これまでどおり誇り高くこのクラスをやり過ごして卒業し高校生になれるかってこと。どうもこの付属高校にエスカレートで進学するとますます型にはめられてしまいそうだから、それだけはやめたいだけ。

悩みなんか、その時だけ。クラスの悩みなんか、クラスが消えれば、いっしょに消える。

スピーチ、スピーチ……。言葉、言葉。私の頭の中には戦争への言葉は何にもない。


閲覧室の隣の隣の席の高校生が、熱心に分厚い本を読んでいる。隣は空席。ときどき、この高校生を見かける。いつも両手にノートパソコンをかかえて来てそっと机に置いてから、静かに椅子に座る。

それがへんなんだ。私が学校の体育祭の代休で午前中に来た時もこの席に座っていた。いつも学校を休んでいるのだろうか。

制服を着ていたことがない。やわらかいあったかそうな紺色のセーターがほっそりした上背に似あっている。口を結んだ横顔がきりりとしている。どうしてきりりとした印象に見えるのか？　目が切れ長だからだ。それって目のカーブがすこし長いのかな？

顔をじっと見そうになって、やばいのであわてて視線を本に移す。

そのとたん、その高校生は本を開いたまま席を立った。見ていたのがわかったみたいで、私はちょっと首のあたりが熱くなった。

なんだかどうしていいかわからず、高校生が戻って来るとこんどは私が席を離れた。

立ったり座ったり、ここだけ空気が忙しく動いた。

私が帰って来ると、読んでいた本の上に小さな紙切れがあった。

たぶん、こう書いてある。

「ユウアービュウティフル、アンド、アイウオントツビーライクアズユー」

えっ、なに、美しい人って？　だれ？

私はきょろきょろしてしまう。

隣の隣の席の高校生が、手をあげる。その手に、田中正造の文庫本がある。

「美しいって、表面のことではなく内面のことで、それはいつもきたえていかないと鈍化するんだ」

えっ、私に向けての初めての会話が、美しいというのは私の顔のことではないと否定したわけ……。ちょっとおどろいたが、それほどいやではなかった。

「わたしも美しい人になりたい」と書かれたフレーズにひかれたから。インパクトがあるこのメッセージの意味を聞きたい。

あまり人はいないけど閲覧室で話すのはマナー違反だから、私たちは談話室に席を移した。

一力奏人《そうと》と名乗った人の自己紹介にはびっくりした。

自分は学校に行ってないと言った。高校生ではなくて、中学を出てから学校に行かずに、プログラミングで自立している起業家なんだとゆっくりのんびり話す。

（えっ、子どもなのにそんなことできるの）

なんせ、手に田中正造の本を持っている、まあ本仲間だったので、私は口をはさまないで耳を傾けた。もちろん、メモをとらなかったけど、こんな異様に長いスピーチ。奏人さんには語るべき中身がつまっているみたい。

「学校は違和感だらけだった。それをあらわすことができない窮屈なところだった。担任は対立をきらって、なかよく平等にと教室だけの理想を語っていた。自分は嫌だとかちがうとか言いたくて、言えなくて、無口になって卒業した。高校は受験していない。だから、コンピューターに向きあい、ＡＩで仮想現実の世界を構築している。

今は町並みを立体化した地図を作製している。ドローンを飛ばして映像を基に作るのだけど、実際に歩いても確かめる。できるだけ災害を避けて安全な暮らしができるようにというのが自分のコンセプトで、自然災害伝承碑をさがして書きこむんだ。この立体地図は、これから郵便、宅配の配送をドローンが担うようになる時に役に立つ。ドローンってわずか数センチの誤差で着陸できるようになるんだ」と話す。

アイデアは次々にわいてくるのだそうだ。

「久しぶりに人間と話すなあ。こんな毎日だから、極力、現実と離れないようにしているけど、だれとも会話しない日が多いんだ」

私は器材とばかりに向きあっているにしては、波のようにわきあがる言葉と情報に混乱していた。

奏人さんの声には強い意志と、どこかにあきらめみたいなものが混じって、澄んでいる。私には兄弟はいないし、女子中学に通っているから、ほかのだれかと比較できないけど、声が美しい。

「ここではない先を見て、自分の目で見たことしか信じないみたいだね。自分はいつも一〇年先を見ている。きみは似ている」

そう言われても、よく知らないのに、そんなむずかしい、かっこいいことをまっすぐ言われても、返事ができない。

まあ似ているところといったら、まず群れていないでこうして図書館に通って本を読んでいるところかな。しかも、奏人さんの前においてあるのも田中正造の本だ。だけど私は学校に行かない選択なんか考えたこともないし。自立なんかしてないし、一〇年どころか、さしあたってのスピーチのことしか頭にないし。大きく違う。

奏人さんは続いてがっかりするようなことを言った。

「この本だけど、きみがいつも熱心に読んでいるからどんな人だろうと思って読んだわけ」

えっ、それって悪くいえばストーカー。私は前から見られていたの。ここでない先を見ているって、もしかして、ときどきぼんやり保育園を眺めていたから。だけど、奏人さんの言う教室の違和感に反応して、それで、こんどは私の違和感を話してみた。はじめて会話をしている奏人さんが、自分をさらけ出していたから、私も自分をよく見せようとすこし背伸びをしようとしたのかもしれない。

私は持っている本のページを開いて見せた。ついさっき引っかかっていた原敬のこの言葉だ。

『わが国民の多くは戦争を望まなかったのは真実だ。一般国民、特に実業者はもっとも戦争をきらっていたが、これをとなえる勇気がなかったのだ』

「ね、だれも望まなかったのに戦争がはじまっただなんて。そんな変なことって起きるの？　みんながおなじ考えなら戦争をはじめなければいいだけなのに。おかしいね」

奏人さんはびっくりしたような顔をした。そのページを読んでいる。

奏人さんは、しばらく考えていたが、こう聞いた。

「きみの違和感をつきつめてみて。なにが問題なの」

「だって、この田中正造が反対だと言っているのに、代議士だった原敬は、多くの人は反対だったけどと言いながら、動かなかったんだよ。だれかひとりでも私も望んでいないと言ったら、そしたら黙っていたけどじつは反対だと言ってつぎつぎに増えて、方向は変わったかもしれない。反対ならいっしょに手を組めばいい。考え方ってそれは違って当たり前だけど、大事な、戦争をしたくない一点ではふたりはまとまれたんじゃないの」

わたしは胸に手を当てている女の子のさし絵も見せた。

「この胸に手を当てている女の子は心の中で叫んでいるの。これは私のくせ。言いたいことが言えずにがまんしている。日露戦争で死んだあんちゃんのことを怒っているんだよ。まあ、戦争なんて、もう起きるわけないから、とりたてて取り上げることではないけれど」

熱くなりすぎないように、私は戦争なんてもう起きるわけないと予防線を張って、もぐもぐ付け加えた。

私は自分の右手を見たけど、今はかなしくないのかがまんしてないのか、心臓をつかんでいない。せいいっぱい、奏人さんに自分の考えを話したい。私は、胸に手を当てている女の子といっしょになって、奏人さんに、違和感を伝えたい。

「そうだね、ぐさっとつきささった。自分のことを言われているみたいで。意見が違っていても大事なことでは声をあげてってことだよね。自分が違和感があったけど何もしないでやり過ごして、学校から逃げ出したことを言われたみたいで。うん、黙っていることは賛成したこととおなじだね」

奏人さんは、突然の私の話にちゃんと向き合ってくれた。

私はさし絵の女の子を見つめて女の子の声に耳を傾ける。女の子の言いたい言葉が聞こえている。

(戦争のあった時代に生まれなくてよかったと思ってるんでしょ。あまいですね。それとわからないうちに、空気の流れが変わって、突然ある日、だれかが戦争をはじめますと言って戦争ははじまるんです。空気を読むって、すごく大事なことなんですよ。あなたは教室の空気はせっせと読んでるみたいだけど、そんな教室で使っているエネルギーはむだなことなんです）

「そんなこと言われても、私、その空気の変わった時代のことぜんぜんわからないし、関心がない。今、ほんとにその空気があるの。戦争の空気って、具体的に言うと？」

（そうねえ、生きていた時は気がつかなかったけど……、今思うと、ああ、あの時だ。あの時、日露戦争がはじまる前に、私も東京まで押し出しすればよかったとくやしいのよ）

「え、よくわからないよ。私、けっこう日本史はすきだけど、押し出しって何？　デモみたいなこと？　それに、今ごろ、こうすればよかったと言ってないで、その時、そうしていればよかったんじゃないの」

（かんたんに言わないで。私、すごく、がんばったよ。田中正造さんが、きっと世の中を変えてくれると思って、演説会にも行ったし、そばにいて書類を書くのをいっぱい手伝ったけど……）

私は女の子の声を聞いているうちに、だんだんと積極的になった。女の子が言っているのか、私が言っていのかわからない思いを、奏人さんに話していた。

「あのね、ぼんやりしているとある日、戦争ははじまってしまうものらしいわ。どうにかしたかったってこの女の子はすごく悔やんでいるみたいなの」

奏人さんはちょっとおかしそうにじろじろ私を見ていたが、私をからかうつもりはないようだ。

「ほんとにきみは相手を思う想像力でこの女の子になることができるんだね。そうだね、だれでも自分じゃない自分になれるかもね。学校を離れてみて気付くことがある。戦争の空気なんかどこにもないとは言えないね。毎朝朝礼で、号令されて一斉に動くのがただなんとなく嫌だったんだけど。その行動のうしろには意味があったんだ。判断する間もあたえずに一体化する形を作っていた。がまんして規律正しい生活をして体力を作ること自体、それはいいことに思えて受け入れていた」

奏人さんはパソコンを出して、いそがしく入力している。

「きみはずっとこの本を読んで、その女の子が生きていた時代に詳しいから、思うだけでなくて、その気があるのなら、そこへ戻ってみてはどう？　そこへ戻って、女の子ががまんして言えなかったことをいやだって言えばいい」

「すごい。できるの？　そんなことできたらいいね」

「それは、もう一度女の子の全部の一生をやりなおすわけにはいかないけど、一番、心残りの場面には行けるんじゃないかな。そうだよ。自分も何か逃げていたような気がする。やって見よう。どの場面に戻りたいか、だれに会いたいか、もう決めているよね。原敬のお屋敷だね」

　奏人さんは、ＡＩの町の地図を立体化したアイテムで、女の子が行きたい部屋を再現しよう、生成された画像を加工し、手描きで家具や置物を配置してねと、がぜん乗り気になった。

　何か、いねむりして夢を見ているのかと思ったけど夢でもいい。おもしろそう。きっと、この谷中の女の子は私の助けが必要なのかも。

「そうねえ、やっぱり、原敬に会って、意見のちがう田中正造の言葉に耳をかたむけて、日露戦争をいっしょに止めてと言いたい。そのあと、女の子の家は原敬が命令を出したから、谷中村の家をとり壊されるんだもの。どうして、そんなに敵対したのか会って聞いてみたい。この人がいなかったら、女の子の一生は変わっていたのに。北海道に移住しないでずっとあの谷中村で、麦を刈り、魚を売って、暮らせたのよ」

「え、日露戦争があった明治時代の谷中村って、そんな時代なの？　麦を刈り魚を売ったり、土と川の自然のめぐみの中の暮らしがぜんぜんイメージできないけれど。うん、これは自分もしっかりこの村のことを勉強しなくては。その女の子が胸に手を当ててやりすごしていた場面を具体的にしていっしょに行こう。日露戦争のはじまる前の時代に行ってみよう」

「うん、戦争はいやだって思いながらどうしてその時代の人は反対しなかったのと、別の時代の人が言っても遅いよね。ありえたかもしれない場面に取り換えたら、これからの未来が見えるかもしれない。あの時代と今はつながっているから」

それって、私のこれから書くスピーチのヒントになるかもしれないね。話をする中身の無い私には、いいチャンスかも。だけど、動くのはあくまで谷中村の女の子。私はただ、私に似た女の子によりそうだけ。

「対立している相手でも、手をつなげるかもしれない。だれも望んでいない戦争をはじめない。私と相手が、私たちになり、おなじ思いを実現させる」

私と相手がつながって私たちになる。

私は自分で言って気に入った。ふっと、クラスのだれからも離れて、今どこにいるかわからないひとりぼっちの深見のことを思った。深見あおいは、こんどの失踪で何を言いたいんだろう。あおいと手をつなげるだろうか。

奏人さんの仕事は早かった。どんどん段取りを考えている。

「きみのイメージしているシチュエーションを教えて。データをいっぱい集めて読み込ませ、それに原敬がどうこたえるかシミュレーションしてみる。こっちの女の子の言いたいことはわかっているけど、相手の答えはなかなか予測できない。はたしてこちらが望むような答えを返してくれるだろうか。むずかしいけどやってみるよ」

奏人さんのきりりとした感じは　外見ではなくてきぱきしたい内面からくるのかもしれない。

「まず、女の子を作ってみるけど。この挿絵の女の子の顔はきみに似ているね。目に光があり、やわらかそうだけど、強い。名前を付けようか」

「私、柿がすきだから。ほら、この谷中村には柿がたわわにみのっているわ。かきはどう？　家はこわされても、自然は残っているよね」

「うん、かきっていい名前だ。着ている着物、髪型は？」

「そうね。だれかに面会するにしては、それにしてはこのかきの着物がよごれてすりきれている。ちゃんと服装をととのえないと、しゃっきりしないよ。だれもちゃんと向き合ってくれないから。ふふ、私こう思うの。田中正造があんなよれよれのはおりはかまでなくて、ぱりっとした衣装だったなら、話を聞いてくれたかもしれないのにって。原敬は二〇日に一度髪をきちんと整えて、洋装がよく似合ったんだって。いや、ちがうかな。服装は関係ないかな」

いやあるかも。うちのクラスのグループ分けって、みんな、服装のこのみが一致している。私の学校は制服ではなくて、珍しく自由なのだ。おとなっぽい色合いのクラシカル系、かわいらしいカジュアル系、きりりとしたスポーツ系、きらきらストリート系、そして、みごとに個性的でばらばらのひとりずつの私たち。私はいつもジーンズ。服装は自分を表現している。

原敬の家に行くとして、日露戦争がはじまるのは、二月一一日。季節は冬。

その日に行ったのでは、日記に「だれも戦争をやりたくないのにはじまってしまった」なんて書いたあとでまに合わないから、その前に行かなくては。

今は一二月であわただしく人手もほしいだろうから、お手伝いとしてお屋敷に潜入するってどう?

実際に、谷中村の女の子を、東京の支援者の家にお手伝いとして送り込んだ事実がこの本にも書いてある。

「衣装は冬じたくにしていかないと。縞の袷よ。農家の人がおもに着た仕事着です」

色の組み合わせがきれいな縞の着物と帯や、あったかいショールや、銘仙のふろしきを上手にコーディネートしてもらう。

こうして、まず、女の子のかきが誕生した。

きょうはここまで。一気にすすんで、ふうっと力を抜いた。

それから、これまで読んできた本を参考にして、奏人さんとふたりでバーチャルな世界を作っていくことになった。

私は谷中村のかきの気持ちになって、行動をシミュレーションする。

それぞれの課題を考えて、三日後の日曜日に談話室で会うことにした。

すっかり外は暗くなっていた。また雪が降ってきた。一九〇四年(明治三七年)一二月、かきが上京した日も寒い日だっただろう。どんなに緊張して乗りこんだかと思うと、こんな寒さは何ともない。

私はいきおいよく歩きだして、奏人さんの前でちょっとすべった。奏人さんが、すっとつかんでくれた。

原敬の家

シチュエーションはこうなる。

田中正造のつてから紹介状をもらって、かきは東京の芝公園にある原敬のお屋敷に着いた。御影石の敷石をすべらないように気をつけて玄関まで歩いた。

これまでも、原は外交官になり、大臣陸奥宗光の秘書にもなり、政治にずっとかかわっていたが、明治二五年ごろに買った家は、土地は借地で、かきが思ったより簡素だった。

家はそんなに大きくはないけど、お手伝いさんたちや、台所をまかされている人や、書生さんもふくめて一〇人ほどの人が住んでいた。

かきのおもな仕事は、長くこの家に住んで家事をまかされているおばさんの下に付いて、洗濯だの、買い物だのこまごました使い走りだった。

びっくりしたのは、いつも白米ではなくて麦飯だったこと。それは、もちろん、谷中村では、麦飯だってごちそうだったけど。

雪や雨がふると、町中でも、舗装してない道路は歩きにくかった。谷中村でも道はめちゃくちゃぬかるんでいたけれど、ちゃんと、わらぐつだの長ぐつだの、地下足袋だの準備がしてあった。

ここではかっこつけてそんなものは履かないから、悪天候の日は大騒ぎだった。

せっかく、おなじ家にいるのに、かんじんのだんなさまに会う機会はなかなかない。先生とか、閣下とかいうのかと思ったら、家ではだれもが、だんなさまと呼んでいた。

だんなさまは、家では洋服ではなく、着物になることが多かった。それでもお出かけになる時はきりりとネクタイをしめ白いワイシャツを着た洋装で、ちらりと遠くから見てもみちがえるほどだった。ワイシャツだけは西洋洗濯屋に出すので、かきはそのお使いもした。

ちょうど、仕上がった洗濯物を取りに行ったその日は、町は夜おそくまで、大さわぎだった。

「早く戦争をはじめろ」「ひどいロシアをやっつけろ」と、おおぜいの人がさわいでいた。

どこからわいてくるのかと思うほど、次から次へと繰り出して、開戦、開戦と叫んでいた。みんな、どうしてこんなに気持ちをひとつにできるんだろう。

かきは、いつも持っている田中さんからもらった渡良瀬川の石を投げつけようかと腹がたったけど止めた。もったいないから。

たしかに、新聞はこのところ毎日、日露のことを書きたてていた。一面トップの大きな見出しはもう開戦間近と言っていた。

やっぱり、流れはすでに決まっていて、戦争に向かっているのだろうか。

「また、政府の中には自分の功名心から開戦を主張した者もいたが、じつは戦争をこのまなかった者が多かった。だがそうした者も、表面これまで強硬をとなえてきたので、引くに引けなくなったのだろう」

と、原敬はこんなふうにも書いていた。前には、一般国民、特に実業者は最も戦争をいやがっていると書いている。だんなさまは政府の人も、一般国民、実業者も、だれもかれもみんな開戦に反対していたと書いているわけだ。

こんなふうに、おおぜいの人が反対していると書いているのに、今目の前の光景と、どっちがほんとうなの。そして、開戦を書き立てている新聞社の人はだれの意見を書いているんだろう? 新聞社は記事の検閲をされていたのかな。部数が増えるようにいせいのいいことを書いていたのかな。

それとも、どうしても戦争をしなくてはならない人たちがいるということだろうか。たとえば、戦争を仕事にしている軍人さんや、使ってもらわなければ困る武器を作っている会社など。このことは、かきではなくて、田中正造が演説会で話していることだけど。

だんなさまは、開戦の波に踊らされないで、冷静に時局を読んでいたというのか。反対に、私が今見ているこの行列のほうが、おおぜいの人の考えということになるのか。それとも、何も考えていないの。よくわからない。

ちゃんとだんなさまに確かめて、まだ間に合うのだから、自分はどう思っているのか、そんなに政府がだれもかれも反対なら、戦争を止めさせてくださいとたのもう。

かきは、早くだんなさまに会わなければと思った。立ち止まっている人までまきこんでしまうようなこうふんした人波にさからって、四つ角のある大通りを横切り、家に戻った。

あの日記を書くのは、開戦の日、一九〇四年の二月一一日だから、国が開戦するのも、翌日、原敬があの日記を書くのも、もうすぐだ。

「だれも戦争したくなかったのに、はじまった」なんて、他人事のようなことを言ってほしくないのだ。反対している田中正造と話し合って、それから、おなじ考えの人を、ふたりから三人にしていって、大きな意見にしてもらうのだ。

だんなさまのもとには、朝、おむかえのりっぱな御者つきの馬車がやって来て、政治の仕事に出かけて行く。

毎日、だれと会って、どんな話をしているのだろう。おなじ意見の人といっしょに、「反対しても、もうなにも変わらないようですな」と言いあっているの。政治家なら、もっとぎりぎりぎりぎりまで、国民の事を考えてください。

このままのんびり、洗濯をしたりお使いをしているだけでは何も変わらない。変えたい。かきはあせってきている。

ようやく、おばさんに、「手が離せないから、だんなさまにお茶を持っていってほしい」と頼まれた。

いよいよだ。この時を待っていた。

かきはお茶をこぼさないように落ち着いて戸を開けた。かきは冷静になって書斎を眺めた。書棚には、見たこともない日本語ではない外国の本もずらりと並んでいた。かきは、だんなさまが書斎の引き出しにさっと日記をしまうところを見た。カチャリと鍵をしめた。鍵の音がすてき。カチンカチンと響いていい音色だった。

かきはこの時しかないと、しっかり一五分しゃべり続けた。

「谷中村から来たかきです。うちの屋敷林の中には大きなりっぱな柿の木があるんです。その柿があんまり甘かったから、私の名前を付けたんです。今ここに来たのは名前の話ではありません。ここへ来たのは、あの田中正造さんのおかげです。田中正造さんのお名前ではなくて、その友人の代議士さんの口利きになっています。でも、今ここに来たのは谷中村と足尾銅山のことではないのです。なんでだんなさまが財閥の足尾銅山の側について、貧しい谷中村にみかたしてくれないのと言いたいのではありません。言いたいけど、そのことはおいといて、今のことです」

緊張していたから、かんじんのことを言う前によけいなことをしゃべってしまった。

「町で戦争をはじめろというちょうちん行列を見ましたが、日露戦争がはじまるのですか。どうかお願いします。まだだれもこれから戦争をはじめますと宣言していません、戦争がはじまるのを止めてください。

うちのあんちゃんが日露戦争で死ぬんです。日露戦争に行ってるあいだに家や谷中村がすっかり消えてなくなっているのを知ったら、どんなに悲しむでしょう。あんちゃんは戦死して帰ってこなかったんです。谷中村の無残な姿を見ることはなかったんです」

カットカット。だって、あんちゃんが死ぬのは、このあと日露戦争が起きたあとのことで、今この時は、日露戦争の前だから、だんなさまに言ってはだめ。

今は、田中正造と話し合っていっしょに日露戦争を止めてくださいと言いに来たのだ。

かきは軌道修正した。

「もう、うちのあんちゃんは戦争に行く気なんです。白い飯がたらふく食べられるとか言ってわらって。ぜんぜんお国のためとか、お国の誇りなんかわかっていないのです。毎日、畑で菜っ葉を育て、川で魚をとってゆっくり暮らしてきたから、鉄砲なんか使ったこともないし、きびきび、命令に従ってさっと動いたりできないんです。

そんなのろのろでも、はたらき手のあんちゃんが戦争に行っていなくなるのは、もっと困るんです。

田中さんは、今、谷中村に住んでいます。いっぱい、戦争のことを教えてもらっています。

『日露戦争より大事なことは谷中村の問題だ』と叫んでいます。お願いします。田中さんを知っていますね。田中さんと話をしてください。いっしょに、日露戦争はやってはいけないといって開戦を止めさせてください。まだ間に合うのではないですか」

かきが話し終わって、しばらく、間があった。

「田中さんは子どもが大すきだそうですね。私もすきです。じつは、まもなく親戚の子を養子にするのです」

だんなさまは、突然しゃべり出した谷中村のかきのことを追いはらうこともなく、子どものことを言い出した。

だけど、その手にはのらない。

田中さんは、自分を支援してくれる人からもらったお金を全部、村の子どもに分けてやったり、ひろったきれいな小石を「ほら、どんな小さな役にたたないものにも役目があるのです」と渡して、いつも子どもを大事にしていたけど、そんな子どもがすきと、すきがちがうんじゃないかな。

きっと、だんなさまのすきはご養子さんだけで、ご養子さんをりっぱに教育して、りっぱな家のあととりにするだけなんだ。

「そのご養子さんを、将来、戦地に行かせられますか。うちのあんちゃんは、この戦争がはじまったら今すぐ、行くのです。だって、村から何人って、もうわりあてがあるんです。そして小さな村から働き手がおおぜい死ぬのです」

たぶん、戦争に行くのは、いつもまずしい百姓や、労働者の家の子どもだ。まちがってもそのご養子さんは、戦争に行かないだろう。机の前にすわっていつも勉強していればいいのだ。

だんなさまは続けた。

「私なんかの力では、もう、戦争は止められない。

足尾銅山の銅のことはね、銅は戦争をはじめるのにはぜったいひつような資金源なんだ。

日露戦争はね、前の日清戦争で獲った遼東半島は日本に返せと干渉したくせに、こんどはロシアが、そこに鉄道をつくって自分のものにしようとしているわけで。日本はロシアの南下政策に名誉を傷つけられたとはじめるんだ。

満州はロシアがわで、朝鮮半島は日本がわで治めようと話合ったりもしたけど、その交渉もうまくいかなかった。

私は、田中正造のことをきらっているのではない。ただ、陸奥宗光は大恩あるお方で、私が政治家として今あるのは、あの人のおかげだ。その恩ある人の息子が足尾銅山の婿養子になったから、乞われて副社長になるだけだ。

私もちがうと思うことには、強く抵抗してきた。藩閥政治というのを知っているかな。薩摩長州の出身者しか政治を決められないのはおかしいと感じてきた。だから、盛岡から選挙に立候補して代議士になったんだ。政党を立ち上げて『国の存亡を決めるのは軍事力』だとする藩閥にさからっていく。

だけど、私の挑戦はまだはじまったばかりだ。

百姓として生れ、百姓のために生きる田中正造には関心がある。接触できないのは、どうしてなんだろう。政党はおなじ考えの者が集まって、政策を決めていくからね。意見の対立はあたりまえで国会で考えの違う者とはやりあうのが政治家の仕事と思っていた。

そうか……。これまでのいきがかりをすてて、ただ戦争をしないという一点でまとまっていくなんて、考えてもいなかった……。そういう方法もあった……。

だけど、人には、一生かけてもこれだけはとゆずれないことがある。一生かけて守らなければならない人がいる。田中さんとは、どちらも、反対方向だった」

かきは、反論したかった。

田中さんも「政治家の自分がこの鉱毒問題を解決しますから、まかせてください」と約束したことがある。あの時は政党に期待していた。だけど、「政治家は政党をつくっては、考えがちがうと分裂して権力争いをしているだけで、ぜんぜん国民のことを考えていない」と、政治家をやめて今は村人といっしょに行動しているのですと。

政治の言葉より、谷中村民の「谷中村を人間の住めない土地にしようとするなら、そこに住み続けることがただひとつの生きる道です。今はただいのちを大事にここで生きていく。ここで死ぬのは本望だ」と言う、この言葉のほうが重いと、田中さんはそう教えてくれた。

ああ、谷中村のことはもっとしゃべりたいけど、ここに来た目的は、ふたりに日露戦争をしないという大事な一点でまとまってほしいからだった。

それぞれの理想を持って、国をリードしていく人がいていい。だけど、国民を代表するのなら、戦争はしてはならないというそのことで、どうしてまとまらないの。戦争をして、国民のいのちを奪って、よくなる未来なんかない。

国の名誉を傷つけられたといってよその国と戦うより、国民ひとりひとりのいのちが大事だ。人を殺し殺されて、領土をふやして大きくて強い国にどうしてなりたいの。かきはこうも言いたかった。これも戦争がはじまったあとのことなのだけど。

「日露戦争では日本は八万四〇〇〇人が亡くなり、ロシアでは五万人が亡くなった。そのひとりが私のあんちゃん。傷ついた人は日本で一四万三〇〇〇人、ロシアは二二万人。どぶに捨てたお金は二〇億だって。そんなお金どこにもないから税金を上げたり、外国から借金したんだって。

もっとひどいのはね、指導者は、『国の存亡のためには、なんとしても遼東半島の二百三高地で四、五万人の勇士を損するもそれほどの犠牲ではない』なんて言ったのよ。そんなふうにたくさんのいのちをうばって、国の方向を決めていく資格なんかないのよ。この時の大きな犠牲とお金をいっぱい使ったことをむだにしないために、また、次の戦争へと続いていくのよ。日清戦争から日露戦争、日中戦争、太平洋戦争と、戦争ばっかりしていくのよ」

どんどん言いたいことがわき出すのに、残念だけど、考えているだけで説得する言葉にできないうちに、だんなさまは、くるりと背中を向けた。

けれども、かきは、話せてよかったと思っている。かきがだんなさまと話せたのはその時だけだった。なんどもなんども話せる機会があれば、もっと、わかってもらえたのだけど、チャンスは一度だけだった。

そして、あの日、とうとうはじまってしまった日露開戦の次の夜。だんなさまが日記を書いているすがたをそっと見に行った。

いつものように、墨をすって筆を用意して、和綴じの美濃判書罫紙を前に、なかなか書きはじめなかった。

そして、「だれも戦争を望まなかった」と書いた。そのあと、しばらく、間があった。じっと筆を持ったまま動かなかった。

かきは、そのあとに、人のことではなく「自分も望んでいなかった」と書きたかったのにちがいないと、信じている。

あの町のようすや、新聞が書きたてる様子から、このころ日記を書いている人は、「日本人は、だれもが、この戦争を待ち望んでいた。日本の名誉を守るのだ。そして、この熱いひとりひとりの国民のあと押しこそがロシアに勝つ手段だ」と書くと思う。どうしてかと言うと、すぐ、戦勝をお祝いするちょうちん行列が続く毎日がはじまったのだから。

部屋に大きな長持ちがおいてあって、その長持ちに、自分の本心を書きつづった生涯四二冊にものぼる日記がおさめられていくことになる。

もう、開戦してしまったから、このお屋敷にとどまる理由はなくて、かきは帰って来た。かきはなんの役にもたたなかったと、がっかりしていた。

奏人さんはくわしいこの私のシチュエーションの中から、私が一番見たい場面を再現した。

映像と音声のバーチャルな世界がパソコンに広がる。

原敬の書斎。カラーにしたことで、いっそう、臨場感が高まる。もうこの世にいないかきと原敬の息づかいまで聞こえてくるようだ。

原敬を机の前に座らせる。和紙も用意する。

そこへ、縞の着物を着たかきがお茶を持ってそっと入って来る。かきはお茶をまるテーブルに置く。

かきは叫びたいことばを、一気に話す。

かき「田中さんと話をしてください。いっしょに、日露戦争はやってはいけないと言って開戦を止めさせてください。まだまに合うのではないですか」

原「そうか……。これまでのいきがかりをすてて、ただ戦争をしないという一点でまとまっていくなんて、考えてもいなかった……。そういう方法もあった……」

原はくるりと体を回転させて、そんなことは考えてもみなかったと、はっとしたようにかきをじいっと見つめた。

私と奏人さんは、バーチャルの世界から、また、ふわりと図書館の現実に着地した。ずいぶんと長い歴史の時間をぎゃく戻りしたけど、ほんの短い時間しかたっていないのかもしれない。

私はがっかりしていた。あたりまえだけど、歴史はなにも変わらないのだから。

奏人は言ってくれた。

「いいえ、何もできなかったわけじゃない。歴史を知ることは、未来を作ることにつながるよ。過去はけしてこれで消え去ったのではなくて、そばにあるんだ。自分には自分と自分たちの一〇年後が見えたよ」

一〇年後って？　私たちは二五歳になっている。え、どんな未来を見てるの？

「ほんとに田中正造と原敬はいい大人なんだから、まず相手の言葉を聞いて受け入れればよかったんだよ。それからね、かきがやり過ごさないで乗りこんだから、日記にあんなふうに書いたんだよ」

となぐさめてくれた。

「だって、はじまってしまった戦争に望んでいなかったと書くのは、たいへんなことなのだから」

ううん、やっぱり、そのあとも、ますます接点がなくなってしまった田中正造とは、親しくどころかはっきり敵対していった。だから、かきの説得はなんの役にもたたなかった……。

だけど、そのあと、まだ日露戦争が終わって、子どもを亡くした親がまだ日露戦争を忘れていない時代のこと。原敬は、養子にした息子にせがまれて、日露戦争の見世物の観戦列車を見て、にがにがしく思ったそうだ。

「血なまぐさい戦場さながらの……」とおおげさに呼びこみ、敵も味方も激しくぶつかり合い死んでいく戦争を見世物にしたことを怒っているというより、やっぱりその前の日清戦争とはくらべようもない数の戦死者を出したことに、にがい悔いを寄せていたんだ……。そしてそこには数字ではなく、血が飛び散り、からだがふっとんだひとりひとりのいのちがあったことを思いうかべていたのかな。

にがにがしく後悔するぐらいなら、望んでもいなかった戦争をやらなかったらよかったのに……。

深見あおいの部屋

私は谷中の女の子のかきが、ずっとそばにいるのを感じながら、スピーチを考えた。

私と相手が私たちになりいっしょに向き合っていく。スピーチの中には、谷中村のかきがこうしたかったという願いをしっかりとり入れた。違和感があってもやり過ごさないで向き合いたいと言いたい。

なかなかいい原稿だ。かんぺき！

自分でほめてもしょうがない。コンテストだから、審査員がいて順位を決められる。

順位なんかは気にならない。

コンテストの日には、きっとかきが聞きに来てくれて応援するはず。いや、きっと黙って聞いてなんていられなくて、私のかわりに演説してくれるかも……。言いたいこ

とを言えるのは、それもおおぜいの前で言えるのはもしかして気持ちがいいことかも。

まあ、クラスの子は期待できないけど……。

かきは、ぜんぜん意見のちがう人と話しあえてすごいと思ったけど、私は努力もしていない。なんか、永遠に無理かなって感じだけど。


おどろいたことに、あしたがコンテストの日、私はあおいからメールをもらう。あおいは一月になっても登校していない。

「だれかを恨むのではなく、私が変わる。だから、最後にお願い、迎えに来て。迎えに来たら、私は学校に行くことができる。私に戻れる」

迎えに来てって、いったいどこに。場所はなんにも書いてない。

謎めいた一方的なメール。いなくなったのも一方的だけど、迎えに来たら私に戻れるってなんのこと？　今まで自分じゃなかったの？　それも、自分からでなくて、迎えに来れば帰るなんてこっちのせいにして。

私は、なぜ私にこんなメールをくれたのか見当もつかなかった。深見の問題はちょっとは気にしたけど、その程度だった。私が無視しているのは深見にだけではなくてみんなにだって……。

けれども、このメールは、花グループのメンバーにもきていた。それは、ちょうど、クラスの終わりの会が終わって礼をした時だった。ざわざわと、メールを受けとった花グループに動揺が走ったようだった。こんどは無視できないと、メールに束縛されているようだ。

どこに迎えに行けばいいのか、だれもその場所を知らない。一様に不安な顔を見せている。

だけど、このチャンスを無くしたら、もう、二度と助けを求めてこないかもしれない。こんども無視したら、私たちは、大きな借りを背負うことになる気がした。

まあ、どっちかというと、深見のためというより、まだ若いのに自分の人生の汚点にならないように、ひっしでどこに行けばいいか考えはじめた。私もかきに関わるまでは考えられなかったけど、これまで無関心だった分、深見とちゃんと向き合ってもいいかなって気がした。

奏人さんからの影響が大きい。美しい人というフレーズが響いている。どうしたら奏人さんのイメージしている美しいに近付けるんだろう。きっと、こんなに近くに迷っている人をほおっておいて、美しい人にはなれない。

ひとりぼっちだと感じたことがどれほど深見を追い詰めたのか、よくわからない。私はひとりを選んでいたから。だけど、こんなにひとりは嫌だと願っているのなら、深見に応えたい。それはかたちだけのグループの中に自分をとじこめていることではないとわかる。

奏人さんのことばと顔が居座っている。なんか私はひとりぼっちじゃないみたい。

グループのメンバー、未来先生、そして、隣のクラスのいとこ。メールをもらった全員が、放課後の教室に首をそろえた。深見はどこにいるのだろうか。こんなメンバーで集まったこともないのに、私たちは深見のことを心配した。

今はだれもが深見を身近に感じている。ちゃんと深見の顔を思い出していた。がやがやかってなことを言ったり、みょうに無口になったり、まとまらないから、なぜか、私がまとめ役になる。

「まず、私たちが深見にしたことを思い出して。なにが一番苦しめたか。きっと思い当たることがあるはずです。迎えに行く場所は、思い出の場所ではなくて追いつめた場所かも」

それぞれがこっそり、自分が深見に何をしたか空をにらんで考えたが、やっぱり一番追いつめたのは私かもなんて言いたくない。

「あおいを迎えに行く場所ってどこ？　思い当たる場所なんかない。体育館の裏の荒れた花壇とか、昼なお暗いおとめの森の噴水とか、よく集まったところはあるけど」

花グループのメンバーは、これまでいつも、規則のように、五人いっしょだったはず。それにしてはグループに似合わないダークな場所だけど。

「放課後はどうしてたの、よく行くコーヒーカフェとかないの？」

「いいえ、グループ行動は学校だけ。放課後の仲間はそれぞれで、お稽古ごと。ヴァイオリン、バレエ、あ、声楽もいるわね、進学塾や家族の行事とかあって、きっぱり世界がちがうの。カフェにいってケーキを食べたりするのは、家族とかだし」

そう、学校だけのなかよしグループなの？　そんなものか、初耳。

「それじゃあ、しぼりやすいね。教室のロッカー、トイレ、靴箱、屋上は？」

私はいじめのドラマとかに出てくる場所を並べてみる。

「ああ、屋上かも」

青くなって、みんなで、屋上に向かってだだっと走った。飛び降りるかも。その前につかまえないと。だって、前のメールで、はっきり遠くに行くって書いてあった……。

だれもいない。

その時、私はぐるっと心配そうにおびえて集まっている顔をながめて、ここに深見のお母さんがいないと思った。

お母さんは、今一番心配しておなじようにおびえているはずだ。おなじように深見を追いつめたことがあるはず。

「かんじんな時にひとりぼっちなのはあなたのせいよ。あなたが弱いから。性格が悪いのよ」そこまでは責めなかったかもしれないが、うんざりしてためいきをついたことがあるかもしれない。母親はふきげんな順調でない娘を見たくない。

ほかの、たとえばはすむかいの親子はこんな毎日じゃなくて、買い物に行ったり、ケーキを食べたりするのに、どうしてうちの子にかぎってすこしのことにがまんができずに繊細なのよって。いや、そんなケーキを食べたりするべたべたした毎日はどうでもいいことかも。お母さんと頼りにされて、子どもの幸せを間近で見ていたいはず。

深見がいなくなって、どんなに、暗い毎日だったことだろう。

「夜空を切り裂くほどの悲しげな、お母さんという声を聞いたお母さんはどうしているの。耳をふさいでいたの？　やっぱり親って、なにがあっても一番深見のみかたで、今も深見に寄りそっているのよ」

私は寄りそっているというのは、気持ちのことを言ったはずなのに、高子はそうはとらなかった。

「わかった。いま、家にいるのよ。家出なんかしてないのよ。とじこもっているのよ。お母さんといっしょに」

「あのね、お母さんはあまり外出しなかったのだけど、このごろどっさり買い物して出はいりしているんだって。いとこから聞いたけど。それがねえ、スナックのお菓子を山もり買いこんでいるんだって。見ていないようで近所ってよく見ているの、ええ、わざわざ道路や庭には出ないのだけど、大きい窓からいつも隣近所を観察しているのよ。学校に行かないのなんか、すぐわかってしまうの」

「観察してるだけってこと？　うん、あおいが家にいるって、あんがいそうかもしれない。こんなに長期間、私なら行くところなんてない。ねえ、だれも私が家出しても泊めてくれないわよね」

「ええ、だって、私たち学校だけの付き合いじゃないの」

「あら、私はいいわよ。困った時には部屋はいっぱいあるから来てもいいわ。まあ、せいぜい二日と持たないと思うけど」と、みんな、がやがやしゃべって深見のことから離れていくので、私は、また方向を元に戻した。

「そうねえ、お母さんは、いっしょに解決を願っているのよ。ふたりは家で待っているかも。部屋で、じっとしてだれとも話さないで、コートを着て外に出られない毎日を私たちに見せたいんだわ」

「じゃあ家にいるのなら、お母さんって三回呼んでいたのはなに?」

深見の家の近くにいて、かなしそうな叫び声を聞いたといういとこは、また、その声を思い出したみたいだった。

「私はこう思う。深見がお母さんて呼んだ時、どんな気持ちだったのかって。一番いごこちのいい大すきな母親のもとさえはなれようとしていたのかも。三回も呼んでいたのを聞いた時に、もっと、その気持ちを考えなくちゃいけなかったんだわ」

それは、いとこに言っているのではなくて、私は今さらだけど自分に言っている。

「中学生なのにこころの底から叫んだんだよ……。ずっと教室や友だちのことで悩んでいて、お母さんにさえうちあけられなくて。わかってもらえなくて。きっと最後にお母さんって叫んで、やっぱりお母さんに助けを求めたんだ」

お母さんはその声を聞いてあおいをしっかり捕まえた。あおいはお母さんと家に閉じこもっている。家出なんかしていない。

「家かぁ。私たちは、失踪前に助けてと届いていたメールに、返信をしてない。そのあと、私は存在のないパセリです、探さないでとメールをもらってからも、何もしていない。深見の家にも行ってないわね」

高子がようやく自分たちがしてきたことに気がついたみたいに、みんなの顔を見た。だれも何もしなかった。無視してきた……。それが自分たちが深見にしてきたこと。

それって、友だちと言えるだろうか。友だちではない。友だちのすることではない。

あれ、いつのまにか、友だちと言っている中に私も入っているのかしら。

ほかに思いあたる所もないし、私たちは、ぞろぞろ、深見の家に行った。

母親は家にいた。母親は深見の部屋にまっすぐ、私たちを案内した。まるで、来ることがわかっていたみたいだった。

なんか、どきどきだった。だれの顔も見ない。まわりを観察するよゆうもなく、二階に行く螺旋階段をゆっくり一列になってのぼった。

深見の大きな一〇畳もある部屋は、めちゃくちゃだった。壁に傷があって、本が散らばっていた。ぬいぐるみのうさぎの足がちぎられていた。写真たてのガラスが割れて散らばっていた。それはいきおいよく生きている深見のエネルギーに見えた。

私たちはずるずると、部屋のまんなかに押し出された。

深見はその部屋にうずもれるように座っていた。髪はぼさぼさでパジャマのままで。ひとつだけ、窓ぎわに鉢植えのシクラメンの花があった。毎日、水をやっていたようで、薄紅色のやさしい花がさいていた。

私がその花を見ているのを目で追って、深見がふっと笑ったようだった。

「ありがとう。来てくれて。わかったから。もういいよ。みんな帰って」

深見は立ち上がってかわいた声を出した。ことばは少なくそっけなかったけど、これで、終わりということが読み取れたから、私たちはゆっくり、来た時とおなじように一列になって、螺旋階段を下りた。

「すごい散らかり。とてもあおいの部屋とは思えない。あんなに変わるなんて」

「ちらかっていたけど、スナックや食べ物のから袋はなかったね。食事はお母さんと食べてたんだわ」

「あおいの一番お気に入りの紺色のジャケットがちゃんと、ハンガーにかかっていたよ」

「机の上に、現代文の教科書があったよ」

「うん、シクラメンきれいだったね。シクラメンの歌、あおいすきだったよね」

帰り道、ぼそぼそと話した。みんな、あおいの砦の中に、全部こわさないで、ちゃんとあおいが守ってきたものを見つけていた。みんなであおい本人を見つけていた。きっと。

未来先生は「次からはかんじんな時に力を出すから」とみんなに言った。

「あのー、お母さんと少し話したのだけど、今日みんなに来てもらってうれしいと感謝していました」

私も行ってよかった。

お母さんは、閉じこもって大声を出したり泣いたり物にあたったりして、ぐるぐるぬけ出せないあおいと暮らしていた。

そして、このままのあおいでいいと思った。たぶん。近所を意識して取りつくろわない。人から見られるために暮らしているのではないもの。

私は、あおいのとった行動を、もう幼稚だなんて思わない。圧倒されている。感謝されて、恥ずかしかった。だって、私は今日ようやくあおいの家に来ただけだもの。

「あのね。あおいがある日から何か変わったと感じたことがあったけど、たぶんあの時だわ。ほら、あおいがすごくきついこと言ったことがあった」

「え、なに、何て言ったの」

「みんなで盛り上がっていた時、つめたくびしってさえぎったのよ。もういいかげん話題を変えないって」

「え、それだけ?」

「びっくりしたわよ。だって、私たちのグループってとげのある言葉や、きげんのわるい顔をしたり、相手を傷つけるのを一番さけてきたでしょ。それなのに楽しい話題にまざらないで平気でぶったぎったのよ。まじまじ、あおいの顔を見ちゃった」

「あら、ぶったぎるだなんて……。そうね、思い出した。合わせるのがルールだったから、突然、対立するなんて、あの時みんなで氷みたいに固まった」

「あれから、あおいって、一気に、ぼおっと聞き役になっていったんだよ」

そうなんだ、あおいはこんどのことで、みんなに合わせるだけでない、自分がすきになれる自分を探していたんだ……。

なんにも約束したわけではないけど、これで、あおいは学校に来るのでは。だって、みんなが迎えに来たのだから。あおいはみんなから存在を全く消されていなかったことを確認したから。

自分だけで変わるのはむずかしい。人から認められて変わるほうが、ずっとやさしいよ。あおいはもうムリと縮こまって、「私を見て」と発信したけど、みんなのあおいを見る目が変わったから、変われる。安心して自分でいられる。

あおいが花グループでもない私にメールをよこしたのは、ひとりでも平気って顔をしている私が気になっていたからかな。

私だって自分に自信なんてないよ。中学生って、ぐるぐるぬけ出せないことだらけだって。私だって私がいなくなったらかなしんでほしいよ。きらわれたくない、本音はひとりで平気じゃないよ。

「あおいが遠くに行かなくてよかったよ。だれかが突然消えてしまったら、もし自分の意志で消えてしまったら、残された者はすごくかなしいんだよ。あの時ああすればよかったって、くるしさがずっと残るんだよ」

私は、あおいやみんなに私の考えを聞いてほしくなった。

さっそく、行動した。あおいのメールの、「すべての人に返信」というところをクリックして一斉メールを送信した。

「あした、私はスピーチコンテストに出ます。戦争を体験したおなじぐらいの年の女の子に助けられて原稿を仕上げました。戦争でだれかがいなくなったら、かなしいと、言葉で言えないくらいかなしい人が残されるんです。だから、私は発言します」

市民ホール U

そして、スピーチコンテストの当日。

私は、市民ホールに向かった。大ホールもあるけれど今日の会場は小ホール。大ホールは、夕方から市民三〇〇人が舞台にあがるイベントがあるみたいで、予行練習で人の出入りが多い。

こっちの小ホールのほうは冬休みになったというのに観客は少ない。なぜだか、中学生や高校生の姿はあまりなくて、黒いスーツを着た大人が多かった。

きょうエントリーされている演題が墨黒々と大きく書かれて、舞台の天井から下がっている。

ふふ、これっておおげさで古っぽくて田中正造の演説会場みたい。

「読書のすすめ」「動物をさいごまでかわいがって」「友情という宝物」「ハワイホームステイ体験」の四人と、そして私で、今年は五人と去年の一〇人とくらべて出場者が少ない。

私は、いきなりトップで、緊張した。

パソコンのパワーポイントを使うので、会場を暗くしてもらった。あらあら、どうしたんだろう、必要以上に真っ暗になってしまった。フロアがよく見えない。

私は暗やみをいいことに、つい田中正造になった気分で、声をはり上げた。

「演題　だれが戦争をはじめるのですか

桜中学館　三年　有馬ミル」

なぜか、最初から、フロアから声が上がる。

「即刻解散」「もう聞きあきた」「演説中止」「言語明瞭意味不明」

するどい、切りさくような声の合間に、「民、声叫べ」「いいから最後まで聞いてやれ」

「警官、退散」と応援する声も聞こえる。

ちょっと笑いたくなる。これっていつの時代？　田中正造は演説会を開いていたが、いつも警官に見はられて、なんども演壇から引きずり降ろされたそうだ。私は明治時代の演説会にまぎれこんだの？

まさか、今日は桜中学館の代表でスピーチしてるのだから、私の意見は最後まで聞いてもらえるはずなのだ。今は令和の時代、新しい時代の幕開けのはず。なんだか会場はざわざわしているけど、私はしっかり暗記してきた主張を続ける。

私はこのスピーチをふたりでつくりました。ふたりというのはどっちも私なんですが、明治生まれの私と、平成生まれの私です。明治生まれの私は日露戦争のあった時代に生まれています。

それとわからないうちに空気が変わって戦争へと進んでいくから、空気を読まなければなりません。

現在、戦争がはじまりそうな空気は全くありませんか？　いいえ、そう、言いきることはできません。

私が今言いたいことを発表いたします。

今だれかが戦争をはじめると決めたら、私のまわりの友人たちも、あの人も、戦争に行くのだとはっと気がつきました。にわかにおそろしくなってきたのです。戦争に行くのは、戦争を決めた人たちではなく、私の周りの令状一つでかり集められた若い人です。

では、戦争はだれがはじめるのか、ゴーサインを出す人がいなければはじまることはないのではないかと思いますが、それだけではありません。

私たちはこれまであんなひどい戦争をどうして反対しなかったのかとなんだか遠い人ごとのように見ていました。

だれかひとりではなく、だまって様子を見ている人が戦争をはじめているのです。

まず、この写真をパワーポイントでスクリーンに映しますので見てください。

私は、図書館でなんども借りている『田中正造』の本を読みながら、ふと目にしたこの女の子の写真にすいよせられました。うつむいて手のひらを広げてぎゅっと心臓をわしづかみにしています。私はがまんできないことがあるとこんなふうにしてやり過ごすのです。

この女の子は私とおなじに左胸をつかんでかなしみをがまんしています。働き手のあんちゃんを日露戦争にとられて、あんちゃんは死ぬのです。この悲しみのうしろには戦争があるようです。

突然、窓から見える風景が、ぷつんととぎれました。私は、どっちが自分かわからなくなっていました。女の子のかなしみと、これから私の身に起きそうな大切な人との別れの予感でぶるっとふるえていました……。そう、今まで一度も恐れたことがなかった戦争という空気……。

次に、この写真を見てください。これは、明治時代の日露戦争の時のものです。私の国は、このころも、日清戦争に続いて戦争ばかりしていました。私が生まれてから、この国で戦争はありませんが、これからもずっとないとは言えない気がするのです。

一九〇四年（明治三七年）二月一〇日、ロシアへの開戦のあと、政治家原敬は二月一一日にすぐに、日記にこんなことを書いていました。

これも大映しにします。

「わが国民の多くは戦争を望まなかったのは真実だ。一般国民、特に実業者はもっとも戦争をきらっていたが、これをとなえる勇気がなかったのだ」

ええっ、なんという本音を言っているのでしょう。こんな人ごとみたいなことをどうして言えるのでしょう。

いったい、戦争というものは、だれが戦争をすると決めるのですか。日露戦争は、だれが戦争のゴーサインを出したのでしょう。

日露戦争をはじめたのは、藩閥と言われる伊藤博文はじめ五人の身分の高い元老と、総理大臣、陸海軍大臣、外務大臣、大蔵大臣です。理由を「外国勢力の侵圧があって日本の国があぶない」といって、御前会議で決めました。

「戦争は政治が決める」のです。そして、政治家は国民に選ばれたのだから、「国民が決める」ということになります。

日露戦争前は、新聞はまもなく戦争がはじまると毎日伝えていたようです。だれの意見を書いたのでしょう。

それなのに、原敬は「だれも望んでいなかったのに、戦争をはじめた」と言っているのです。流れをだれも止められずに、だらだらと、そしていっきに、いのちの大きな犠牲のでる戦争をはじめたのでしょうか。

私にはそこがわからないのです。

えー、そして、あたりまえですが、戦争にはお金がかかります。日露戦争を戦うために、栃木県にある足尾銅山は銅を掘りだして、鉄砲のたまや兵器を作りました。銅は輸出して、軍艦を買いました。

日露戦争のために、たった戸数四〇〇にもならない栃木県谷中村からも、三七人が遠い国と戦うために兵隊にとられていました。

若い働き手を戦争にとられた谷中村では、鉱毒による病死と、日露戦争の戦死と「一戸に二様の悲命の死」に苦しんでいると、栃木県選出の田中正造が国会で訴えました。

どうして、私が、栃木県の今は廃村になった谷中村の名前と、田中正造を持ち出したかというと、わけがあります。きょうのスピーチで一番話したいところです。

はじめに日記を紹介した原敬と、田中正造のふたりが、もしかして力を合わせたら、おなじ戦争をしないというところで協力できたかもしれないと思ったからです。

「だれもしたくなかった」と日記になんか書いていないで、「やってはいけない、やりたくない」と声を上げていたら、他の人もまざって大きな声になったのではないかと思うのです。

わたしひとりがふたりになり私たちになり、大きな流れにするのです。

田中正造はこの時、日露戦争に反対して、この時代に軍備はいらないと叫んでいました。原敬も、戦争にうしろ向きで国内の経済、生活問題が優先でした。いっしょに多数派になる可能性はなかったのでしょうか。

それで、これから、ふたりをならべて、原敬が「だれもしたくなかった」という戦争をはじめるのを、なんとかとめられなかったかと考えてみたいのです。

では、田中正造という政治家を見ていきましょう。

日露戦争一年前からの田中正造のことばです。

「世界各国はみんな、海陸軍を全廃する」

「人はことばを理解するのだからなぜ腕力を使うのか」

「谷中問題は日露戦争より大問題だ」

こんなふうに田中は、鉱毒問題で苦しんでいる小さな谷中村を取り上げて、「国民を救わない国はもう亡国で、日露戦争を戦わなければ日本は国家が滅びるというけれど、国民ひとりのいのちが先だ」といって戦争に反対しました。

けれども、原敬は、明治三九年に、足尾銅山の鉱毒のために苦しむ農民のいのちをかえり見ないで、鉱毒を残したまま谷中村を遊水地にして、最後まで村に残った一六戸に対して立ちのき命令を出しています。

世の中では、「日露戦争を戦わなければ、日本の名誉があぶない。正義だ」とさわいでいました。谷中村民のいのちより、国の名誉が大事という流れを受け入れていきました。

谷中村の人たちでさえも、国がたいへんな時だと、鉱毒の残る村から全員が立ちのきました。

これでは私が望むように、まったく、田中正造と原敬はたがいに手を結ぶという状況にはないように見えます。

また、田中は「すこしでも人のいのちに害あるものを、すこしぐらいはよいと言うなよ」とも言っています。国のためには何人かの犠牲が出てもしかたがないという考えに、吠えたのはあたりまえです。全身で吠えていいのです。

こんなふうですから、私は田中がかっこよくて原はひどいと思っていますが、それでも、もしかしてふたりが力をあわせていたら歴史は変わっていたのかもしれないと思うのです。

この「戦争をはじめない」という一点で、折りあわなければならないのです。立場をこえて、自分の一番大切な人のいのちに目をやって、おなじ政治家として自分の言葉を言い続けてほしかったと思うのです。

田中正造はこんなふうに、大きく、国の理想をのべています。「憲法の手足を働かそう。これをやりとげる権利と能力を国民は持っている」

けれども、田中正造のこの大きな志を原敬はわかろうとしませんでした。がむしゃらに大声で、議場からひきずり降ろされてもひとつのことを言い続ける田中正造は、原の洗練さとはずっとかけ離れていました。原は外交官だったし、フランス語も話せました。

そんな見た目で、ふたりは近よれなかったのでしょうか。

私は、自分もそうしているのではないかと思うところがあります。私のクラスにもグループがあり、外観、似ているところで組んで、関わりをもたずにお互いを排除してまとまることがありませんでした。私はかってに分けられたことはどうでもよくて、ひとりがいいと思っていました。だれかの考え方をじっくり聞く前に、私からパスしてしまっていました。

これでは、あした戦争をはじめるといわれても手を組めません。

戦うのはいやです。その時、一番先に戦争に行かされるのは、私たち若者です。私のまわりには、勝つために人を殺す戦争をしたい人はいません。

私たちには、まだ先に時間があります。これからの十年先の時代も変えていくことができます。

私たちは、自分の気持ちを正直に、戦争がいやだと思うひとりひとりが「戦争をはじめない」と言わなければならないのです……。自分ひとりがなにをしても変わらないと、だまってやり過ごしてはならないのです。

私はほんとうに、きのう、ようやく、話が通じないと思って避けてきたクラスの人たちと話し合えました。それって、ちいさい、だれかのかなしみに寄りそうことからはじまるのです。

自分から変わることは難しいのですが、相手が自分を受け入れてくれているのがわかったら、うれしくて、こちらも心を開くのです。それは仲良く一つになってただ国に従うことではありません。

戦争をはじめるのは、はじめますと宣言する為政者ではなくて、それをだまって見ていた私たちです。無視は加害とおなじことかもしれません。だまっていることは認めているのとおなじです。もうすこし様子を見ようとしたり、めんどうだと人とつながることを拒否したり、だれかに遠慮したり、それは、みんな戦争を認めたことになるのです。
「戦争をはじめます」というのは、だれかではなく、私たちひとりひとりだったのです。だれも、戦争を望んでいないならば「これから戦争をはじめます」と言わないでください。

話を、田中正造と、原敬に戻します。

私がまだあきらめずに、ふたりは歩みよれたと感じるのは、次のようなことからです。

田中正造が亡くなった日、大正二年、九月四日、新聞は大きく大正天皇の足尾銅山行幸を伝えています。

このおなじ日、原敬はふるさとにいました。この日は、家族と盛岡の寺を訪ねています。これまで副社長としても縁の深かった足尾銅山の名誉を見とどけていないのです。原の亡くなったあと、お墓には名前だけというさぎよさでした。

そして、田中が亡くなった時持っていた全財産は、帝国憲法とマタイ伝の合本、新約聖書、日記帳、河川調査原稿と、川海苔と小石三個のいさぎよさでした。

ふたりとも、自分のためでなく歴史的発展を視野にいれて生きた人で、世の中を変えていく、世の中は変わっていくという希望を持っていたのです。

重なる時代はおたがいに理解しないで、どちらも戦争をきらいながら、この国は、だいたい一〇年ごとに戦争をしていく時代になるのです。

たった七〇年前の太平洋戦争では、三一〇万人ひとりひとりが、すきな人を残して死にました。なんという数でしょう。

いま私の国は、けして戦争をしないという九条を変えて、積極的平和のために戦争のできる国にしようとしています。積極的に平和のために戦うと言っています。

よその国が血を流しているのにどうして私の国だけは参加しないのかと言いますが、永遠によその国を攻めることはしなくていいです。ほかの国も「わが国は人を殺し殺される戦争しない」と言えばいいのです。口争いが長く続いてもいいのです。永遠にお互いの言い分に耳をかたむけ続けるのです。違いがあってあたり前です。話し合って私と相手は私たちになるのです。

だれも、戦争でだれのいのちも奪いたくない。

今、田中正造の言葉がひびいています。「国より、国民、人間が優先」が、いいです。

国の名誉のためにひとりひとりの国民をあとまわしにしないでください。

けれども、いつのまにか、原敬が日記に書いたように、「だれもこの戦争を望んでいなかった。だけど、国の名誉を傷つけられたから、おなじアジアの国に向かって宣戦布告した」と書くのでしょうか。

おおむかしから、そして今も、戦争はつぎのような理由で起きていると考えられます。

第一に、土地や、宝や財産の不正な分配によっておきる。第二に、武器があること。殺し殺されるために教育された人がいること。第三に、いつも、争いに人々をリードする指導者のことばがあること。

武器はあるから、使いたくなります。それは私の国が戦った日露、太平洋戦争の時代とくらべてすごく進歩しています。

なかでも、無人攻撃機。人の手を離れて、ＡＩはどんどん進化して勝手に人を殺します。そして次は宇宙軍だって。宇宙安保構想が作られました。宇宙から敵のミサイル基地を攻撃します。

ほら、こんなに武器にかこまれていて準備をしていて、今すぐにでもはじめることができる現実をどう思いますか。

私たちのすぐ隣に戦争があるのです。耳目をふさいでふきあれる風に気が付かない、教室の隣に戦争があります。

指導者のエリートは、権力を使うために、まるでゲームのように、戦術を練り、たくさんの兵士をカードのように移動させます。

けれども、指導者も、ひとりでは戦争をはじめられません。勝つか負けるか、勝ったとしてもあとにかならず残る戦争のマイナス面を考えたら、恐くってひとりでゴーサインは出せません。最後は、あと押ししてくれる国民の目を見て決めるのです。

だから、戦争をはじめますというのは、私たちなのです。私たちひとりひとりの目が大きく見開いていれば、結果責任をとる覚悟を持てなくて指導者はあとずさりします。

あ、もう時間のようです。ちょっと待ってください。さいごに、田中正造のこれまで秘密とされていた臨終の大事なことばを映しているのですが、えっ、パソコンの電源が切られてしまいました。秘密、秘密、秘密と言っただけなのですが……。

だからこそ発言しなくてはならないのに……。いっしょに……。私が私たちに……。

あっ、これでスピーチを終り、終わらされました」

明るくなった会場に、私はクラスのあおい、花グループの顔を見つけた。だけど、はじめは会場にいたほかの中学生がだれもいない。私はずっと、なんだか自分が田中正造になったみたいに、むずかしいことをすらすらしゃべっていた。だけど、ときどき、私のスピーチにざわざわと大声がまじったりしたのが気にはなっていた。

どこから聞こえてくるんだろう。

きっと、田中正造もこんなふうになんども引きずり降ろされても話を続けたんだと、私も負けないで最後まで話を続けてきた。かきは、いつもそばにいた。ある部分では、縞の着物を着たかきが話していたんだと思う。

だけど、ようやく気がついた。最初から「やめろ」という声が実際に私に向かってとんでいたのだ。「じゃましないで」「最後まで話させて」と応援してくれていたのは、私のすぐそばにいたクラスの友だちだった。

未来先生もはじめは「まあ、こんなスピーチの原稿見たこともない」と読んだり置いたりしてたけど、「これでいきましょう」と言ってくれた。

私はとにかく、友だちに守られて、スピーチを終えた。

私はあおいや高子や夕実やいとこや未来先生の輪の中に飛びこんだ。あ、いとこは曽根公子さんで、花のグループで登場していたのに名前を出さなかったけど、どっしり存在感のあるふたりの名前は江花東子さんと大貫信子さん。これまでに知り合えた人はみんな友だち。

私はほかの、クラス全員の友だちの名前を言える。

私は今度のことで、ようやく、目に見えない空気が空を包んでいることを実感した。私はこれまでは、ずうっと遠かった戦争があんまり間近で、恐ろしくなっている。

まるで田中正造の時代のように、思ったことを言葉にすると、監視がついたり力で抑えこんだりすることが起きはじめた。壁に耳あり障子に目ありとはこのことだった。だから今年はスピーチコンテストに出る人が少なかったんだ。私のスピーチはどうしてみんなに最後まで聞いてもらえなかったんだろう。

私は、もうすぐ、中学校を卒業して、この友人たちと別れる。

相変わらず、教室では、あなたたちはエリート、エリートですと叫んでいるけど、私たちはそのまま聞いていない。全然ほめているのではなくて、差別を、選別を教えているのだもの。国を親を地域を敬愛しなさいと、仲良くすることまでだれかに命令されることではないもの。命令されなくても私は愛するものにかこまれているのがわかる。

奏人さんとは図書館で顔を合わせる。このごろは毎日通っているわけではないようだ。友だちというキーワードを加えるために、学校に入ってみるのだそうだ。進学校ではなくて国際高校。さまざまの国の人が在籍している学校だって。スニーカーをはいて自転車で通って、今しかつかめないものを見つけるみたい。感覚、感情を大切にして、人との対話をこわがらないで、自分をさらけ出してみるんだって。

あおいの思いと重なるみたい。

奏人さんは、今一番重要視しているのは、「すき、きらいの感情」と言って、私を見つめた。

ミーツウ。私も大事にしたいのは、すきという気持ち。

すぐそばにいる奏人さんに明日もおんなじに会えなくなるかもしれないとぶるっと感じた時、はじめて私はスピーチで自分の考えを伝えたいと思った。

人の気持ちを想像して相手のいやなことはしない。だれかを心配することから私たちはしぜんにつながる。

私は美しいもののごつごつしたかけらを集めていく。

ずっと今とおんなじ気持ちでいられるのか、すこしこわくなっている……。

相手がよくわからないからと敵を作り出し、国を守るために、やられる前に攻撃しようと、ざわざわ風が吹いている今、どこまでおなじおもいの人とつながっていけるか恐れる。

だけど、私の一〇年後を作るのは私だ。私のこころの中の言葉はだれにも止められない。

参考図書

『安積野士族開拓誌』高橋哲夫　安積野開拓顕彰会　歴史春秋社
『ふくしまの近代文学』山崎義人　福島中央テレビ
『誰にでもわかる安積開拓の話』助川英樹　歴史春秋社
『郡山市史第4巻　近代　上』市史編纂室長・山崎義人ほか
『百合子と郡山』吉田千代子　福島県女性のあゆみ研究会
『ふだん着の原敬』原奎一郎　中公文庫
『新・渡良瀬遊水池』渡良瀬遊水池を守る利根川流域住民協議会編　随想舎
『渡良瀬の風土　谷中村と田中正造の現在』神山勝三　随想舎

田中正造年表

『田中正造全集』年表他より作成

西暦	年号	関連事項
一八四一年	天保一二年	下野国阿蘇郡小中村（現佐野市）に生まれる。幼名兼三郎。
一八七八年	明治一一年	政治家を志す。区会議員に選ばれる。
一八八〇年	明治一三年	栃木県会議員になる。
一八九〇年	明治二三年	第一回総選挙、衆議院議員に当選。
一八九一年	明治二四年	第二回議会で初めて「足尾銅山鉱毒の儀につき質問書」を提出。
一九〇〇年	明治三三年	第一四回議会で「亡国に至るを知らざれば之れ即ち亡国の儀」につき質問書を提出。説明演説。
一九〇一年	明治三四年	衆議院議員を辞職。明治天皇に直訴。
一九〇四年	明治三七年	日露戦争はじまる。谷中村に住む。
一九〇五年	明治三八年	谷中村買収反対運動をはじめる。
一九一三年	大正二年	佐野から谷中への帰途倒れ、支援者宅で没。五か所に分納される。
一九一七年	大正六年	谷中残留民全員立ち退く。

原敬関連年表

西暦	年号	関連事項
一八五六年	安政三年	岩手県本宮町（現盛岡市）に生まれる。幼名健次郎。
一八八二年	明治一五年	新聞記者を辞めて外務省御用掛になる
一八九〇年	明治二三年	陸奥宗光大臣秘書官兼参事官になる。
一九〇〇年	明治三三年	政友会幹事長になる。
一九〇二年	明治三五年	第七回衆議院選挙に盛岡から初当選、衆議院議員になる。
一九〇五年	明治三八年	陸奥宗光の次男が古河鋼業の養子になり、原は副社長になる。
一九〇七年	明治四〇年	内務大臣として谷中村残留一六戸の強制破壊を命ずる。
一九一八年	大正七年	内閣総理大臣になる。
一九二一年	大正十年	東京駅で暗殺される。

安積開拓史年表

西暦	年号	関連事項
一八七三年	明治六年	中条政恒、郡山に赴任。開成社を作り、安積開拓を目指す。
一八七五年	明治八年	開拓により、七〇〇人移住。
一八七六年	明治九年	大久保利通、農業の発展と武士の救済としての開拓事業に郡山を選ぶ。
一八七八年	明治一一年	安積疎水の計画、全国各地から武士たち五〇〇戸移住はじまる。
一八八二年	明治一五年	安積疎水完成し、通水式を行う。
一八八九年	明治二二年	水田は広がるが、転入転出が相次ぐ。
		明治末期までに開拓地には三割の移住者しか残らない。
一九一六年	大正五年	中条百合子『貧しき人々の群』発表。

双葉町年表

西暦	年号	関連事項
一八六八年	明治元年	戊辰戦争で、中村藩は明治政府軍に敗れる。
一八九六年	明治二九年	標葉郡が楢葉郡と合併して双葉郡になる。
一九五六年	昭和三一年	標葉町から双葉町に改名。
一九六六年	昭和四一年	日本初商業炉、東海発電所運転開始。
一九七一年	昭和四六年	東京電力福島第一原発、運転開始。
二〇一一年	平成二三年	三月一一日　一四時四六分、双葉町震度六強地震。一五時三六分、福島原発1~3号機電源喪失。二一時二三分、半径三キロ圏内の避難、三~一〇キロ圏内屋内避難。 三月一二日　福島第一原発1号機水素爆発。半径二〇キロ圏内避難指示、川俣町に避難。 三月一五日　三〇キロ圏内避難。 三月一九日　さいたまスーパーアリーナに避難。 三月三〇日・三一日　埼玉県加須市元騎西高校に移動。

『双葉町史』他より作成

あとがき

歴史は未来を作っていることを実感します。

歴史を知ることは未来を作ること、過去は消えていなくてこの足元の大地にあるのです。

福島県郡山市の安積開拓、栃木県谷中村のきびしい歴史をもとに、今現在、やり過ごすことのできない動きを言葉にして、ふたつの物語を書き残します。

「荒野にふたば町を建てる」

双葉町は故郷への帰還を進めていますが、すでに原発から一二年も過ぎ、避難先に家を求めたり、おなじ福島県に移住したり、戻ってきた人は一〇〇人にも足りません。

ふたば町はそっくり全町一斉移転はできないかと、家を建て町民全員で移住する大きな企画を考えました。故郷には、周囲の自然環境と一体の生活と生産がありました。それはすべて奪われ、目には見えない文化の喪失もありました。

家はしっかり心を包み込み、力を育む大切な場所です。

こおりやま市には全国から移住者を募り村を作った歴史があります。怒りから生まれた理想を実現します。

「教室のすぐ隣にある戦争」

教室のすぐそばにある、国を守るために戦う準備をするというあやうい風に、気が付かないふりをしてやり過ごすことはできません。

図書館で読んだ本で、田中正造が「土地、家を奪われる谷中村問題は日露戦争より大問題だ」と農民の生活を一番として戦争に反対したことを知ります。

信念を貫き演壇を引きずり降ろされてもおなじことを言い続けました。しかもその時代、戦争に反対したという人が大半だったというのに、その声はひとつになりませんでした。

故郷谷中村を奪われた少女かきになって、ＡＩの拡張現実の世界でその時に戻り、黙って見ないふりをしてやり過ごさないでと話してみます。

郡山の安積開拓の歴史は、郡山市立図書館の創立から図書館長を務め、市史編纂室長だった父　山崎義人の資料に学びました。

開成山辺りを案内してくれた郡山二中の同級生、作田秀二さん木原敏子さん、ありがとうございました。絵本作家の金田卓也さん、随想舎の石川栄介さんに心からお礼申し上げます。いっしょに創りました。

二〇二三年七月

一色悦子

［著者紹介］

一色悦子（いっしき　えつこ）

福島県郡山市出身。安積女子高校卒業。京都女子大学短大部文科卒業。郡山市立宮城中学教諭。「受験連盟」で毎日児童小説賞受賞。日本児童文学者協会会員。

『海からのしょうたいじょう』（小学館）、『どろぼう橋わたれ』（童心社）、『麦ほめに帰ります』（新日本出版社）、『さよならのかわりに君に書く物語』（随想舎）など作品多数。

金田卓也（かねだ　たくや）

栃木県宇都宮市生まれ。東京藝術大学大学院博士課程修了。大妻女子大学教授。絵本や紙芝居の制作と共に世界各地で様々なアートワークショップに関わっている。2018年には福島県川内村で「キッズゲルニカ国際子ども平和壁画プロジェクト」を行う。絵本『アブドルのぼうけん』（偕成社）、『ドルジェのたび』（偕成社）他。

荒野にふたば町を建てる　安積《あさか》原野《げんや》と谷中村《やなかむら》の川

2023年9月30日　第1刷発行

著　者●一色悦子

発　行●有限会社　随想舎

〒320-0033　栃木県宇都宮市本町10−3 TSビル
TEL　028-616-6605　FAX　028-616-6607
振替　00360－0－36984
URL　http://www.zuisousha.co.jp/
E-Mail　info@zuisousha.co.jp

印　刷●株式会社　シナノ パブリッシング プレス

定価はカバーに表示してあります／乱丁・落丁はお取りかえいたします

ISBN978-4-88748-426-9